SHINCHO
MODERN
CLASSICS

THE HOUSE AT POOH CORNER

A.A.Milne

プーの細道にたった家

A・A・ミルン

阿川佐和子 訳

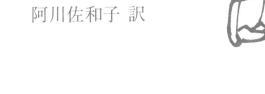

んじょぶ

A・A・ミルン

「じょぶん」というのは、物語の冒頭で、「これからこんな人たちが出てくるので、どうぞよろしくお見知りおきを」とみなさんに紹介する文章のことです。でも、クリストファー・ロビンと仲間たちのことは、もうみなさん、よくご存じでしょうから、その必要はありません。そこで彼らはこの場を借りて、「さようなら」を言おうとしています。これじゃ、「じょぶん」の反対になってしまいますね。

さて、クマのプーに「じょぶん」の反対ってなんだろうと、ためしに聞いてみました。すると、

「なんの、なんですって？」

プーったら、ぜんぜん役に立たない答え方をするのです。

しかし幸いにも物知りフクロウのフクロンが落ち着いた口ぶりでかわりに答えてくれました。

「プーさんや、『じょぶん』の反対はな、『んじょぶ』だよ」

さすがフクロン！　こういう難しい言葉に詳しいですね。私も彼の言う通りだと思いました。

で、どうして私が「んじょぶ」を書いているかといえば、先週、クリストファー・ロビンがこんなことを聞いてきたのです。

「お父さんが僕に話してくれようとしていたのはさ、あのときプーになにが起きたかってことの……」

私は急いで話題を変えました。

「九かける一〇七は、いくつだ？」

この問題はほどなく解けたので、続いて次の問題。

「牛が一分間に二頭ずつ、ゲートをくぐり抜けていきます。草原には三百頭の牛がいます。とすると、一時間半後には、いったい何頭の牛が残っているでしょう？」

この問いもなかなか面白く、ああだこうださんざん盛り上がった末に、私たちはからだを丸めて眠りにつきます。いっぽうプーは、私たちの枕のそばの椅子に座って、目をぱっちり開けたまま、考えても無駄なことについて深く考えておりますが、彼のまぶたもいつしか閉ざされて、頭をコックリコックリさせ始めます。そしてまもなく、プーはつま先立ちでトコトコと、私たちのあとをついて森の中へ入ってくるのです。

そう、またもや私たちは魔法の冒険に出かけたというわけです。今までのものとは比べものにならないほど素晴らしい冒険へね。

でも、朝になって目が覚めたとき、その冒険についていくら思い出そうとしても、思い出すことはできません。

はたして最後の冒険は、どんなふうに始まったんでしたっけ。

「ある日、プーが森の中を歩いていると、一〇七頭の牛がゲートを……」

ほら、忘れちゃったじゃないですか。あの冒険が最高だったのに。

でもまあ、まだ他にもいくつかありますからね、覚えておくといい話が。だから、これは当然のことですが、まったくお別れなんかではないのです。なぜなら、森はこれからもずっとそこにあるわけで、それに、クマの気持がわかる人なら誰だってそれを見つけることができるのです。

プーの細道にたった家　目次

プーの細道にたった家

1　プーの細道にイーヨーの家がたつ。

ある日、ウィニー・ザ・プーは何もすることがなかったので、何かをしようと考えた末、仲良しコブタのコプタンの家まで歩いていって、コプタンが何をしているか確かめることにしました。外ではまだ雪が降っています。プーはドスンドスンと地面を踏みならしながら森の道を進んでいきました。プーはコプタンが暖炉の前でつま先を温めていたらいいなと思いました。ところが驚いたことに、コプタンの家の扉は開け放たれ、家の中をいくら覗きこんでも、コプタンはいないのです。

「なんだ、コプタン、いないんだ」

クマのプーは悲しそうに呟きました。

「そういうことか。コプタンはいない。ってことは、僕ひとりで考えごとの散歩をしなきゃならなくなっちゃった。なんてこった」

それでもプーは、本当にいないかどうかを確かめるために、コプタンの家の戸を強く叩いてみることにしました。案の定、なんの返事も返ってきません。そのあいだ、プーはからだを温めるために跳《と》んだり跳《は》ねたりしてみました。すると突然、歌が浮かんできたのです。それはとてもステキな歌で、言ってみれば、応援ソングとでも申しましょうか。

ゆきよ　ふれふれ
（あー　ふれふれ）
どんどん　つもれ
（よー　ふれふれ）
ゆきゆきゆきゆきゆき
（さー　ふれふれ）
誰が知る
（あー　だれだれ？）

なんてつま先　冷たいの
（おー　ふるふる）
こんなにつま先　冷たいの
（ひー　ぶるぶる）
くー　凍えちゃう！
（うーうーうー）

「で、どうするかっていうと……」とプー。「こうするのさ。まず家に戻って、時計を見て、マフラーでも首にひっかけて、それからイーヨーのところへ行って、この歌を聴かせてやろっと」

　プーは、帰る道すがら、年寄りロバのイーヨーに歌を聴かせることで頭がいっぱいになっていたので、家についたとたん、自分の愛用の肘掛け椅子にコプタンの姿を見つけたときは、いったいここが誰の家だったのか、頭がぐるんぐるん、わけがわからなくなりました。

「お邪魔しまーす、コプタン」

　プーがそう言って、「コプタンったら、出かけているのかと思った」

「ちがうよ」とコプタン。

「出かけてたのは、プーのほうさ」

「ああ、そうだった」とプー。「僕たちのうちのどっちかが出かけてたにちがいないって、僕、わかってたんだ」

プーは時計を見上げました。その時計は数週間前から、十一時五分前のところで止まったきりです。

「もうすぐ十一時だ」

プーは嬉しそうに言いました。

「ちょうどよかった。おつまみタイムだ」

プーは食器棚のなかに頭を突っ込んで、

「なにか食べたら外へ出て、僕のつくった歌をイーヨーに聴かせてあげようよ。ね、コプタン！」

「どの歌のこと、プー？」

「イーヨーに歌ってあげる歌さ」とプーは説明しました。

こうしてプーとコプタンは三十分後に家を出発しました。時計の針は相変わらず十一時五分前を指していましたがね。

風は止《や》み、雪は追いかけっこや渦巻きごっこにすっかり飽きて、今やひと息つく場所を見つけるためにゆっくりと舞い降りた先が、ときにプーの鼻先だったり、ときにそうではなかったり。まもなく、コプタンの首のまわりに白い雪のマフラーができたので、コプタンは、こんなに耳のうしろが雪だらけになったことはないなと感じました。

「プー?」とコプタンはとうとう話しかけました。本当はこの冷たさに参りかけていたのですが、そのことを知られたくなかったので、おそるおそる。

「僕、考えたんだけど。家に戻って歌の練習をしたほうがいいんじゃないかしら。でもって明日、イーヨーに歌を歌って聴かせるってのはどう? あるいは、あさって? イーヨーに会ったとき?」

「それはいい考えだね、コプタン」とプーは言いました。

「今、歩きながら練習しよう。でも家に帰って練習するのはどうだろうな。だってこの歌はとびっきりのアウトドア・ソングだもの。特に雪の中でこそ歌われるべき歌なんだ」

「そうなの……?」とコプタンは不安げに聞き返しました。

「そりゃ、聴けばわかるよ、コプタン。こんなふうに始まるんだ。ゆきよ、ふれふれ、あー、ふれふれ」

「あー、なんだって？」とコプタン。

「ふれふれ、だよ」とプー。「これ、つけたほうが、グッとこない？　どんどん、つもれ。よー、ふれふれ」

「さっき『ゆきよ』って言わなかった？」

「そうさ。でもその前にそれは歌っちゃったから」

「『ふれふれ』の前に？」

「それとはちがう『ふれふれ』なんだ」とプーは少しまごつきながら、そう言って、「ちゃんと歌ってみれば、わかると思う」

そしてプーはもう一度、最初から歌い始めました。

ゆきよふ
　れふれ（あー　ふれふれ）
どんどん　つ
　もれもれ（よー　ふれふれ）
ゆきゆきゆ

きゆきゆきゆ（さー　ふれふれ）
誰が知
　るだれだれ（だれだれだれ）
なんてつま先　冷
　たいのたいのたいの（おー　ふるふる）
こんなにつま先　冷
　たいのたいのたいの（ひー　ぶるぶる）
くー　凍えちゃ
　うーうーうー

プーはこんなふうに歌いました。それは最高の出来でした。歌い終わったとき、コプタンが、「これは今まで聴いた雪のアウトドア・ソングのなかでいちばんステキだよぉ」と言ってくれるのをプーは待ちました。でもコプタンは、じっくり考え抜いた末に、「プー」と、重々しく切り出したのです。

「冷たいのはつま先じゃなくて、耳だよ」

ちょうどそのあたりで、イーヨーの住んでいる湿地帯の近くまでたどり着きました。雪は相変わらずコプタンの耳の後ろにしんしんと降り続けています。コプタンはすっかり雪に閉口してしまい、ふたりは小さな松林のほうに逸《そ》れ、林へ通じる柵の上に腰を下ろしました。さいわいそこは雪があたりません。でもたいそう寒い場所でした。彼らはからだを温めるために、プーの歌を最初から最後まで、六回、繰り返し歌いました。コプタンが「あー、ふれふれ」のパートを担当し、プーがその他のパートを受け持ちました。そしてふたりは小枝を柵に叩きつけながら、適切なタイミングで拍子を取りました。

しばらくすると少しからだが暖まったので、ふたりはまたおしゃべりができるようになりました。

「ずっと考えてたんだけど」とプーは語り出しました。「なにを考えていたかというと、つまりイーヨーのことなんだけどね」

「イーヨーについてどんなことを？」

「つまり、可哀想《かわいそう》なイーヨーは住む場所がないでしょ」

「ないねえ」とコプタン。

「君には家があるだろ、コプタン。僕にも家がある。それもたいそう居心地のいい家だ。クリストファー・ロビンだって家を持ってるし、フクロンや、子供思いのカンガルーのカンガや、何でもすばやいウサギにも家があるだろ。ウサギの友達や親戚も、家とかなんかかんかあるんだよ。でも気の毒なイーヨーにはなにもないんだ。だから僕がなにを考えていたかっていうとね。つまり、イーヨーのために家をたててあげたいなってことなんだ」

「そりゃ……」とコブタンが答えました。「すごいアイディアだね。どこにたてる？」

「ここ！」とプー。「ちょうどこの林のとなりの風の当たらないところ。だってそのアイディアを思いついたのが、まさにここだからね。ここをプーの細道と呼ぼう。でもって僕たちがイーヨーのためにイーヨーハウスをたてるんだよ、木《こ》っ端《ぱ》を使って」

「そういえば林の向こう側に木っ端がどっさりあるよ」とコブタン。「見たことある。いっぱいのいっぱい。山盛りになってるんだ」

「ありがとう、コブタン」とプー。「そりゃ、なによりの話だ。ここを『プーの細道』じゃなくて、『プーとコブタンの細道』って呼んでもいいくらい。でも、『プーの細道』のほうがコンパクトでこの場所には似合ってるかな。さあ、行こう」

こうしてふたりは柵を下りて、林の反対側へ木っ端を集めに行きました。

さてクリストファー・ロビンは午前中ずっと、自分の家にいながら、アフリカに行ったり戻って来たりしていました。船を下りて、はて外ではなにが起きているのかと思ったちょうどそのとき、ドアを叩く音を聞いたのです。これがイーヨーじゃなくて誰だというのでしょう。

「やあ、イーヨー！」とクリストファー・ロビンはドアを開け、外に出てから、「元気？」と挨拶をすると、

「雪が降り続けてるんじゃ」とイーヨーが暗い声で言いました。

「そうだね」

「凍えそうじゃよ」

「そうなの？」

「そうさ」とイーヨー。「しかしながら」と少しだけ声を明るくして、「最近、地震がない」

「それが、どうかしたの、イーヨー？」

「どうもしやせんよ、クリストファー・ロビン。たいしたことじゃないんだが、もしかしてここらあたりで家かなんかを見かけなかったかと思ってね？」

「どんな家？」

「ただの家」

「誰がそこに住んでるの？」

「わし。少なくとも住んでた。しかし、今は住んでいないと思う。つまるところ、誰もが家を持てるというわけじゃないのさ」

「でもイーヨー。僕、知らなかったよ。ずっと思ってたんだけど……」

「どういうことかわしにはわからん、クリストファー・ロビン。ただ、こう次から次へ雪が降り続くと、つららとかそういうことはさておき、たいがいの人が思うほど、朝の三時頃にもなると、わしの住んでいる土地は決して暑くはないんじゃよ！少なくとも蒸し暑くはない。わしの言っている意味がわかるかな。だからさほど居心地が悪いわけではない。息苦しいというわけでもない。実際のところ、クリストファー・ロビン」

イーヨーのひそひそ声はしだいに大きくなっていき、

「ここだけの話、わしらだけの話に留《とど》めて誰にも言わないでもらいたいが、つまり、寒いんじゃよ！」

「なんだ、イーヨーったら！」

「わしは自分に言い聞かせてみた。もし、わしのからだが芯まで冷え切ったら、他の連中が同情するじゃろう。あいつらは誰も脳みそというものを持ち合わせておらん。脳みそのなかに間違ってグレーのふわふわした綿ぼこりかなにかを詰め込んでおるだけだ。だから考えるなんてことはしない。ただ、もしこの雪があと六週間ほど続いたとしたら、誰かが呟くじゃろうて。イーヨーは朝の三時頃、それほど暑がってはいないだろうなあと。でもって、その噂が広まって、そこでやっと、彼らはわしのことを気の毒だと思うんじゃな」

「ああ、イーヨーったら、もう！」

クリストファー・ロビンは、そこまで聞いただけでたいそう気の毒になって、思わず声をあげました。

「そういう意味じゃないんだ、クリストファー・ロビン。君はちがう。つまり、わしは、わしの林のかたわらに、自分の家をたてたという話なんじゃ」

「ほんとに？　たてたの？　すごいじゃない！」

「本当にすごいのは」とイーヨーは世にも恨めしそうな声で、「今朝、出かけるときはあった。が、帰って来たら、消えておった。気にするなって。よくあることだ。たかがイーヨーの家さ。とはいえ、わしは思うんじゃが……」

思う暇もなく、クリストファー・ロビンは家の中にとって返し、猛スピードで防水帽子をかぶり、防水長靴をはき、防水レインコートを羽織って、

「すぐに家を探しに行こう!」

と、イーヨーに向かって叫びました。

「ときどき」とイーヨー。「他人の家をすっかり盗み終えた泥棒が、気に入らない点を一つか二つ見つけて、そんなとき、できたら元の持ち主が取り返しに来てくれるといいんだがなあと望んでいることもあるんだよ……、わしの言っている意味がわかるかな。だから、このままわしらが取り返しに行くのはたしかに……」

「どうでもいいから早く!」とクリストファー・ロビンが叫び、彼らは急いで出かけたのです。ふたりはすぐにイーヨーの家が忽然と消えた松林の脇の空き地にたどり着きました。

「ほれ!」とイーヨーが言いました。「木っ端ひとつ残らず! もちろん、いかようにもなる雪だけはいくらでも残っているのだから、文句を言ってはバチがあたるというもんじゃ」

しかし、クリストファー・ロビンはイーヨーの話を聞いていませんでした。彼は他の音に耳を傾けていたのです。

「聞こえる？」とイーヨーに語りかけました。

「なにが？　誰かが笑っているのかい？」

「シーッ！」

ふたりは耳をそばだてました。すると、聞こえてきたのです。太くてしゃがれた声が、ゆきよ、ふれふれ、もっとふれと歌っています。その合間に、小さな高い声で、あー、ふれふれ、よー、ふれふれと、合いの手が入ります。

「あの声は、プーだ！」と、クリストファー・ロビンは興奮気味に言いました。

「ありうる……」とイーヨー。

「それに、コプタンだ」と、クリストファー・ロビンはもう一度興奮気味に言いました。

「……かも」とイーヨー。「今、必要なのは優秀な警察犬じゃが……」

歌詞が突然、変わり、

「完成だ！　家がたったぞ」と太いほうの声が歌います。

「おー、できでき！」とキイキイ声。

「なんてステキな家なんだあ」

「スー、テキテキ」

「僕の家だったらよかったのに」

「よかったのにぃ」

「プー！」とクリストファー・ロビンが叫んだとたん、柵の上の歌い手たちは黙りました。

「あれは、クリストファー・ロビンの声だ！」とプーが嬉しそうに言い、続いてコプタンが、

「クリストファー・ロビンったら、僕たちが木っ端を集めたあたりにいるみたい」

とつけ加えました。

「よし、行こう！」とプー。

プーとコプタンは柵を下りて、林のふちを急いでまわり込みました。走りながらプーは歓迎の雄叫《おたけ》びをあげ続けます。

プーはクリストファー・ロビンと抱き合ったあと、

「わおー、イーヨーもいるよ」

とコプタンを突《つつ》きました。コプタンも突き返しました。プーとコプタンは、あっと驚くステキなプレゼントが、ちょうど準備万端整っているんだもんねと、秘かに合図し合ったのです。

「やあ、イーヨー！」

「やあ、やあ、クマのプー、木曜日だから二回」

イーヨーが憂鬱そうに挨拶を返しました。

プーが「なんで、木曜日だから？」と聞き返す前に、クリストファー・ロビンが、失われたイーヨー邸の悲劇について説明を始めました。その話を聞いているうちに、プーとコプタンの目はみるみる見開かれていきました。

「どこにあったですって？」とプー。

「ちょうど、ここだよ」とイーヨー。

「木っ端でできた家？」

「そうじゃ」

「あ」とコプタン。

「なんだって？」と、すかさずイーヨー。

「いや、あ、って言っただけです」とコプタンがあわてて答えました。それからコプタンは、こんなときどうすりゃいいのかなあと思ったあげく、平静を装うかのように一、二度、あー、ふれふれをハミングしてみせました。

「それは本当に家だったの？」とプー。「つまりその家がここにあったってことですか？」

「もちろん」とイーヨー。それからイーヨーは、「頭がからっぽのやつがおるな」と独りごちました。

「どうしたの？　なにかあったの、プー？」とクリストファー・ロビンが訊ねます。

「うーん……」とプー。「実は……」とプー。「つまり、実のところ……」とプー。

「だから、ね？」とプー。「こういうことなんです……」と言ってから、どうもうまく説明できていないことに気がついて、コプタンをもう一度、突きました。

「それはつまりですねえ……」とコプタンは急いで前置きしてから、しばらく考えたあと、「温かいからね……」とつけ加えました。

「なにが温かいんじゃと？」

「松林のあっち側、イーヨーの家があるとこ」

「わしの家？　わしの家はここにあったはずだが」

「いや」とコプタンがきっぱり否定して、「林のあっち側なんです」

「温かいんで……」とプーが補足します。

「しかしわしが知るべきことはだな……」とイーヨーが言いかけたとき、

「来て、見てくださればわかります」

とコプタンがあっさり言って、イーヨーを案内しました。

「家が二つあるわけないじゃないですか。しかもこんな近所にね？」とプーがさらにつけ加えます。

みんなは角を曲がると、そこにはイーヨーの、なにより居心地の良さそうな家がありました。

「ほらね」とコプタン。

「外だけじゃなく中もありますよ」とプーは胸を張ります。

イーヨーは家の中に入ってみました。それからもう一度出てきて、

「驚いたもんだ！　これはたしかにわしの家じゃ。でもってわしがさっき話した場所にたてた家とまさしく同じ。きっと風がこの家をここまで吹き飛ばしたんじゃろう。林の上を越えて、ここに落としたんだな。悪くない。実際、前の家よりしっくりくる」

「はるかにいいですよ」とプーとコプタンは声を揃えます。

「ちょっと手をかければ、なんだってできるってことじゃな」とイーヨー。

「わかるかな、プー？　どうじゃ、コプタン？　知恵を使ってからだを動かす。ごらん。家をたてるというのは、こういうことなんじゃ」

イーヨーが得意げに言いました。

こうして彼らはイーヨーを家に残して帰っていきました。クリストファー・ロビンは友達のプーとコプタンと一緒にお昼を食べることにしたのです。その帰り道、プーとコプタンはクリストファー・ロビンに、自分たちが犯したとんでもない過ちについて白状しました。クリストファー・ロビンがさんざん笑い転げたあと、家にたどり着くまで、みんなでずっと雪のアウトドア・ソングを歌い続けました。コプタンは相変わらずみんなと声を合わせる自信がなかったので、また、合いの手の「あー、ふれふれ」のパート担当です。

「簡単そうに見えるけど」とコプタンは独り言をいいました。「誰もがこのパートを上手に歌えるってわけじゃないんだからね」

2　トラララが森へやってきて朝ご飯をご一緒に。

ウィニー・ザ・プーは真夜中に突然、目を覚ましました。ん？　なにか聞こえるぞ。プーはベッドを抜け出して、ろうそくに火を灯《とも》し、部屋をのそのそ歩いて、ハチミツ棚の中に誰かが入ろうとしているんじゃないかと思って見にいきました。でも誰もいなかったので、またのそのそ歩いてろうそくの火を消して、もう一度ベッドに潜り込みました。すると、また音がしたのです。

「そこにいるのは、コプタン？」

クマのプーは訊ねました。でも、ちがいます。

「どうぞお入りください、クリストファー・ロビン？」

プーは語りかけました。でも、クリストファー・ロビンでもないようです。

「その話は明日にしてくれますか、イーヨー？」

プーは眠そうな声で言いました。けれど怪しい音はまだ続きます。

「ウオラウオラウオラウオラウオラウオラ」

ナンダカワカラナイモノがそう叫んだとき、とうとうプーは、これが夢じゃないことを確信しました。

「いったいなんの音なんだ？」

プーは考えます。

「森にはいろんな音があるけど、こんなのは初めてだ。うなり声でもないし、喉をグルグル鳴らす音でもないし、吠え声でもないし、詩をひねり出す前に出す音でもないし、でも、なにかなんだ。なんか変な動物が発してるんだ。しかも僕の家の玄関の前で。だから、僕はこれから起き出して、そいつに『そんな音、出さないでよ』って言いにいかなきゃ」

プーはベッドから下りて、玄関のドアを開けました。

「こんばんは」

そこになにかがいたらいけないと思って、プーが声をかけると、

「こんばんは」

ナンダカワカラナイモノが返事をしました。

「わお」とプーは驚いて、「こんばんは」

「こんばんは」

「うわ、ホントにいた！　こんばんは」

プーはもう一度、挨拶をしました。

「こんばんは」と、その怪しい動物は、このやりとりがいつまで続くのかと思いながら、応えます。

プーは四回目となる「こんばんは」を言おうとしたとき、思いとどまって、そのかわりに訊ねました。

「どなたですか？」

すると、「おいら」とその声が答えたのです。

「そっか」とプーが言い、「さあ、入って」

するとナンダカワカラナイモノは家へ入ってきて、ろうそくのあかりの中で、プーと向き合いました。

「僕、プーです」とプー。

「おいら、トララっす」とトラのトララ。

「すげ！」とプーは声を上げました。こんな動物をプーは今まで見たことがなかったからです。

「クリストファー・ロビンは君のこと、知ってるの？」

「もちろん、知ってるさ」

「そっかあ」とプーは言い、「今は夜中だし、寝る時間だから。明日の朝になったら一緒にハチミツの朝ご飯を食べましょう。トララご一族はハチミツ、お好きですか？」

「おいらたちはなんでも好きっすよ」とトララは元気よく答えました。

「じゃあ、床に寝るのもお好きと見えるので、僕はベッドに戻ります」

プーはそう言うと、

「じゃ、朝、またね。おやすみなさい」

ベッドに潜り込み、深い眠りにつきました。

朝起きて、最初にプーの目に入ったのは、鏡の前に座って自分の姿を眺めているトララでした。

「おはよう」とプーが声をかけると、

「おはよう」とトララが答え、

「おいらとそっくりのヤツがいるんだ。おいらって唯一無二の存在だと思ってたのに」

プーはベッドから出て、鏡がなんであるかを説明し始めました。ちょうど話が佳境に入らんとしたとき、トララが、

「ちょっと待って。誰かが君のテーブルに這い上がろうとしているぞ！」

と言うや、「ウオラウオラウオラウオラウオラ」と大きな声をあげながら、テーブルクロスの端っこに飛びかかり、床に引きずり下ろし、グルングルンとクロスに三回巻きついて、部屋の隅にぶつかり、さんざん格闘した末に頭だけクロスから突き出して元気よく聞きました。

「おいら、勝った？」

「それ、僕のテーブルクロスなんですけど」

プーはテーブルクロスに巻きつかれたトララを救出しながら、言いました。

「なにかと思った」とトララ。

「これはね、テーブルの上にかけて、その上にものを載せるためにあるんだ」

「じゃ、なんでコイツ、おいらがよそ見している間に、噛みつこうとしたの？」

「噛みつこうとなんて、しなかったと思うけど」とプー。

「してたよぉ」とトララ。「でも、おいらのほうが動きが速かったもんね」

プーはクロスをテーブルにかけると、その上に大きなハチミツ壺を置き、そしてふたりは席につきました。さあ、朝ご飯です。椅子に座るやいなや、トララはハチミツを口いっぱいに頬張って、それから天井を見上げ、首を傾《かし》げると、舌を使ってさぐるような音を出し、それは考え中の音に変わり、それから、「いったいこれはなんだろう音」になり、そして最後にはっきりとした声で言い切りました。

「トララ一族は、ハチミツが嫌いだ！」

「ええええ？」とプーは、いかにも悲しそうな、残念そうな声を出してみました。

「トララご一族は、なんでもお好きなんだと思ってた」

「ハチミツ以外は、なんでも好きっす」とトララ。

それを聞いてプーはちょっと嬉しくなって、トララに言いました。僕が朝ご飯を食べ終わったあとで、君をコプタンの家へ連れて行くから、そこでコプタンのどんぐりを食べてみるといいさと。

「ありがとう、プー」とトララ。「だってどんぐりは、おいらたちトララ一族のいちばんの好物だもの」

こうして朝ご飯のあと、ふたりはコブタのコプタンの家へ向かいました。その道すがら、プーは、コプタンがとても小さい動物であり、暴れん坊が大の苦手なので、最初のうちはあまり跳び回らないようにと言い含めました。するとトララは、木のうしろに隠れてみたり、プーの影がそっぽを向いている隙にその影に飛びかかってみたりしながら、おいらが跳びはねるのは朝ご飯の前だけだよ、だから、ちょっとどんぐりを食べさえすれば、それはもう静かで上品そのものさと、答えました。やがてコプタンの家の玄関の前にたどり着いたふたりは、扉をノックします。

「やあ、プー」とコプタン。

「こんにちは、コプタン。こちら、トララ君」

「あ、そうなの……?」とコプタン。コプタンはテーブルの向こう側へじりじりと後ずさりをしながら、「トララって、もう少し小さい動物かと思ってた」

「トララ一族は決して大きい部類じゃないと思うけど」とトララが答えました。

「トララご一族はね、どんぐりが好きなんだって」とプー。「だから、ここに来たんだよ。だって可哀想なトララったら、まだ朝ご飯を食べていないんだもの」

そこでコプタンはどんぐりの入ったボウルをトララのほうへ突き出して、

「どうぞ、ご自由に」

それからプーのそばへ歩み寄ると、ちょっと勇気が出てきたので、「で、あなたがトラランさんなのね、なるほどなるほど」と、気さくなふうを装って語りかけました。でも、トラランは黙ったまま。トラランの口はどんぐりでいっぱいだったからです。

もぐもぐする音がしばらく続いたあと、

「とぅららー、ふぁー、うぐぅりー」

プーとコプタンが「なんて？」と聞き返すと、トラランが今度は、

「ぎゅらーぃ」と言って、外へ飛び出していきました。

まもなく戻ってくると、

「トララ一族は、どんぐりが、嫌いだ」

きっぱりとした口調で宣言しました。

「なんだ、トララ一族はハチミツ以外はなんでも好きだって言ったじゃない」とプー。

「ハチミツとどんぐり以外は、なんだって好きなんだ」とトラランは説明しました。

それを聞いてプーは、「そうか、わかった！」と言い、コプタンは、トラランがどんぐりを嫌いとわかってむしろよかったと思いながら、

「アザミなら、どう？」と訊ねました。

「アザミこそ」とトララは、「トララ一族の大好物だ」と言いました。

「よし、じゃあ、イーヨーのところへ行こう！」とコプタン。

こうしてプーとコプタンとトララは出かけました。歩いて、歩いて、歩いた末に、ようやく彼らは年寄りロバのイーヨーの住む森の一角に着いたのです。

「こんにちは、イーヨー」とプー。「こちら、トララ君です」

「どれが？」とイーヨー。

「これが」とプーとコプタンが同時に紹介すると、その横でトララは黙ったまま、とびきりの笑顔を作っておりました。

イーヨーはトララのまわりをゆっくり一周し、それからもう一度、今度は逆回りに一周しました。

「こいつが、何者だと？」とイーヨーが訊ねました。

「トララです」

「ああ」とイーヨー。

「来たばかりなんです」とコプタンが説明すると、

「ああ」とふたたびイーヨー。

イーヨーは長い間、考えごとをしたあと、

「いつ、お帰りになるんだ？」

プーはイーヨーに、トララはクリストファー・ロビンの親友であり、この森に住むためにやってきたんだと説明しました。いっぽうでコプタンはトララに向かい、イーヨーが何を言おうと気にすることはないよ、いつもむっつりしてるんだからとなぐさめました。するとイーヨーはコプタンに、とんでもない、今朝は格別に機嫌が良好なんじゃよと反論しました。トララは、誰でもいいから聞いてもらおうと、おいらは朝からなにも食べていないんだと説明しました。

「ここには食べるもの、あるよ」とプー。「トララ一族はいつも、アザミを食べてるんですって。だから僕、ここに連れてきたんですよ、イーヨー」

「そんなふうに言うな、プー」

「ああ、イーヨー。別にあなたに会いに来たわけじゃないってわけじゃない……ってつもりなんですけど」

「けっこう、けっこう。しかし君の新しいシマシマの友達は、当然のことながら朝ご飯を食べたがっておると。なんという名前だったかな？」

「トララです」

「では、ついてきなさい、トララ」

イーヨーは、今まで見たことがないほどアザミアザミしたアザミ畑に案内すると、

「ほれ」とそちらのほうへ前足を振ってみせました。

「これはわしの誕生日用に取っておいたほんの小さなアザミ畑だが」とイーヨーは、

「しかし、つまるところ、誕生日がなんじゃ。今日が誕生日でも、明日には過ぎていく。さあ、好きなだけ食べなさい、トララ」

トララはイーヨーにお礼を言ってから、プーを心配そうな目つきで見つめました。

「これ、本当にアザミ？」トララは囁《ささや》きました。

「そうだよ」とプー。

「これが、トララ一族のいちばん好きな？」とトララが聞くと、

「その通り！」とプー。

「わかった」とトララ。そこでトララは大口を開けてアザミを頬張ると、グシャッと噛みました。

「ゲヘッ」と叫ぶや、トララはその場に座り込み、前足を口の中へ突っ込みました。

「どうしたの？」

プーが聞くと、

「からーい！」とトララがモゴモゴ言いました。

「どうやら君の友達は、ハチに噛みついてしまったようだな」とイーヨーが言いました。

トララはトゲを抜くために左右に頭を振るのを止めると、「トララ一族はアザミが嫌いだ」と宣言しました。

「ならば、どうして最上級のアザミを折ったんじゃな?」とイーヨー。

「でも君は」と続けてプー。「トララ一族は何でも好きだって、言ったじゃないか、ハチミツとどんぐり以外……」

「と、アザミ以外」とトララがつけ加え、舌を出したまま、ぐるぐる円を描いて走り回りました。

プーはトララを悲しそうな目で見やりました。

「どうする?」とプーはコプタンに訊ねました。

その答えを知っていたコプタンは即答しました。

「こうなったら、クリストファー・ロビンのところへ行かなきゃダメだ!」

「クリストファー・ロビンは今、お母さんカンガルーのカンガと一緒におる」と、イーヨーは言い、それからプーのそばへ寄ってきて、わざと大声で囁きました。

「できれば君の友達に、他の場所で跳び回るよう頼んでもらえないものかね。わしはそろそろ昼ご飯にしようと思っているんだが、その直前にわしの好物の草どもを荒らされたくはないんじゃ。ささいなことで気難しいと思われるかもしれんが。誰しもそれぞれにちょっとした主義があるものだ」

プーは重々しく頷いて、トララに呼びかけました。

「さあ、こっちに来いよ。カンガのところへ行こ！　きっと君の朝ご飯をたくさん用意してくれるさ」

トララは最後のひと回りを終えると、プーとコプタンの元へ戻ってきました。

「だって、辛《から》かったんだもん！」

トララは人なつこそうな笑顔を浮かべてそう言い訳すると、「さあ、行くよ！」そして駆け出しました。

プーとコプタンはトララのあとをゆっくり歩いてついていきました。歩いている間、コプタンはずっと黙っていました。何も思いつかなかったからです。そしてプーも無言でした。プーは詩をつくろうとしていたからです。

ようやく詩の構想が固まったので、プーは声に出してみました。

小さな可哀想なトララ君

僕たち　いったい何ができるの？
トララが何も食べなかったら
トララは大きくなれないの
ハチミツ　どんぐり　アザミが嫌い
味がいや　トゲがいや
みんなが好きな　おいしいものは
飲み込みにくかったり　トゲだらけだったり

「小さくないよ。トララはじゅうぶん大きいさ」とコプタン。

「本格的にすごく大きいとはいえないよ」

「大きく見えるけどなあ」

コプタンのその意見を聞いて、プーは少し考え込んでから、こう呟きました。

トララの体重が　何キロ　何メートル　何グラムであろうとも
跳びはねているから　いつも大きく見えるのさ

「さ、これで完成。どう？　気に入った？」

プーがコプタンに訊ねると、

「『メートル』のとこ以外はね」とコプタン。「『メートル』はそこにないほうがいいんじゃない？」

「だって『メートル』が『キロ』のうしろに来たがったんだもん」とプーが説明しました。

「だからそこに置いたんだ。詩を書くときにいちばん大事なのはそういうとこなんだよ。言葉の出てくるままに任せる」

「そうか、知らなかった」とコプタン。

ふたりがそう言い合っている間ずっと、トララは彼らの前を跳《は》ね続けておりました。ときどきふたりを振り返って、

「こっちの道でいいの？」

そしてとうとう、カンガの家が見える場所までたどり着きました。そこにはクリストファー・ロビンの姿もあります。トララはクリストファー・ロビンのところへ駆け寄りました。

「よお、トララじゃないかあ」とクリストファー・ロビン。

「どっかにいると思ってたんだ」

「おいら、森じゅうを探し回っているの」とトララは得意げに話し出しました。

「でもって、プーを一匹と、コプタン一匹と、イーヨー一匹は見つけられたんだけど、朝ご飯は一つも見つからなかった」

プーとコプタンがようやく到着し、クリストファー・ロビンと抱き合って、それから何が起こったかを説明しました。

「トララ一族の好物がなんだか、知ってる?」とプーがクリストファー・ロビンに聞くと、

「たぶん僕が一生懸命に考えればわかると思うけど」とクリストファー・ロビンが答えてから、「でも、トララが知っているんじゃない?」

「知ってるよ」とトララ。「世の中のものぜんぶが好物だよ、ハチミツとどんぐりと……あのピリピリするもの、なんて言ったっけ?」

「アザミ」

「そう、それ以外はね」

「ああ、じゃあ、カンガがなにか朝ご飯を用意してくれるさ」とクリストファー・ロビンが言いました。

こうして一行《いっこう》がカンガの家にお邪魔すると、カンガの坊やのルーが「こんにちは、プー」と挨拶し、「こんにちは、コプタン」と一度言い、「こんにちは、トララ」と二度、繰り返しました。ルーは今まで「こんにちは、トララ」なんて言ったことがなかったし、それがたいそう可笑《おか》しなひびきに思われたからです。プーたちはカンガになにをしてほしいかを話すと、カンガはたいそう優しく言いました。

「そうね、じゃ、私の戸棚を覗いてごらんなさい、トララちゃん。なにか欲しいものがあるかしら」

カンガには一目でわかりました。トララがどんなに大きく見えても、所詮、ルーと同じ甘えん坊だということが。

「僕も覗いていいですか?」とプー。プーはそろそろおやつにしたい気分になっていたのです。そしてプーは棚の中にコンデンスミルクの小さな缶を見つけました。きっとトララはコンデンスミルクなんて好きじゃないだろうと思ったので、その缶だけを棚の隅に押しやって、誰にも缶を横取りされないように、缶のそばについて、じっと見張ることにしました。

しかし、トララがこっちに鼻を突っ込んで、あっちに前足を突っ込んで、さんざん探してみたものの、気に入らないものだらけです。戸棚の中をすべて見終わっても食べられるものが何も見つからなかったので、トララはカンガに聞きました。

「ほかには？」

ところが、カンガとクリストファー・ロビンとコプタンは全員、ルーのまわりに立って、ルーが赤ちゃん栄養食の麦芽エキスを飲む様子を見ていました。ルーが言いました。

「飲まなきゃダメ？」

するとカンガは、

「ルーちゃん、約束したでしょ、忘れたの？」

「なにあれ？」とトララがコプタンに囁きました。

「ルーの栄養補強剤だよ」とコプタン。「大嫌いなんだ、ルーったら」

トララが近寄っていきました。ルーの椅子の後ろから身を乗り出して、突然、舌を出し、スプーンごとゴクリンと飲み込んでしまったのです。驚いたカンガは跳び上がり、

「まあ！」

カンガは、スプーンの柄を危ういところでつかみ、トララの口から無事に奪い返しました。でも、栄養補強剤はなくなっています。

「トララちゃんったら、もう……」とカンガ。

「トララが僕のお薬、飲んじゃった、トララが僕のお薬、飲んじゃった、トララが僕のお薬、飲んじゃった！」

ルーは、それがとんでもなく可笑しいことのように、いかにも幸せそうに歌いました。

トララは天井を見上げ、目をつむり、まだ口のまわりに残っていないかと、舌を伸ばして顎のあたりを何度も何度も舐め回し、それから穏やかな笑みを顔じゅうに浮かべて、言いました。

「トララ一族の好物は、これだ！」


それからというもの、トララはいつもカンガの家にいて、朝ご飯と晩ご飯とティータイムには麦芽栄養補強剤を飲むようになりました。そしてときどき、トララが強くなりたがっているとカンガが察したときは、栄養補強剤の食事のあとに、ルーの朝ご飯を薬としてスプーン一杯か二杯ほど、トララに飲ませました。

「でも僕、思うに」とコプタンがプーに言いました。

「トララって、もうじゅうぶん、強くなってるのにね」

3　捜索隊が結成され、コプタンはふたたびゾオオに遭遇しかける。

ある日、クマのプーが家のなかで椅子に腰かけて、ハチミツの壺の数を数えていると、玄関の扉を叩く音がしました。

「十四」とプーが言いました。「どうぞ。十四、あれ、十五だったかな、なんてこった。わかんなくなっちゃった」

「こんちは、プー」とウサギ。

「こんにちは、ウサギ。十四、だったよね？」

「なにが？」

「僕のハチミツの壺。数えてるんだ」

「十四、ご名答」

「ホントに？」

「ホントじゃないけど」とウサギ。「それがなにか問題？」

「知っておきたいだけなんだ」とプーははにかみながら、「そしたら自分に言えるでしょ。僕にはあと十四個、ハチミツの壺がある、いや、十五個かもしれないけど。なんか安心するんだ、そう思うと」

「そうか、じゃ十六にすれば」とウサギ。「で、俺がここに来たのはね、どっかでチビを見かけなかったかって聞きたかったからなのさ」

「見かけなかったと思うけど」とプーは答えてから、少し考えて、聞き返しました。

「チビって、誰？」

「俺の親族仲間一同のひとり」とウサギがケロリと言ってのけました。

そう言われてもプーにはなんの参考にもなりません。なにしろウサギにはたくさんの親族仲間一同がいて、それぞれに大きさも種類も違っていたからです。プーはその「チビ」を探すために、いったい樫の木のてっぺんに登ればいいのか、はたまたキンポウゲの花びらの中を探すべきなのか、見当がつきませんでした。

「僕、今日は誰にも会ってないし」とプーは言いました。「とくに『こんにちは、チビちゃん』って声をかけるようなひとには……。そのチビちゃんになんか用事があったの？」

「別に」とウサギ。「でも、親族仲間一同の居場所を常に把握しておくと、なにかと便利なんだ。用事があろうとなかろうとね」

「ああ、そうなんだ」とプー。「行方不明なの？」

「まあね」とウサギ。「ここんとこ、誰も見かけてないんだよ。だから、行方不明ってことだろうな。いずれにしてもだ」とウサギは、さも重大なことを言うかのように言葉を続けました。

「俺はクリストファー・ロビンと約束したんだ。チビの捜索隊を結成するってね。だから、君も来てくれよ」

プーは愛《いと》おしそうな目で十四個のハチミツの壺に別れを告げて、これが十五個だったらいいなあと思いながら、それからウサギと一緒に森へ入っていきました。

「さてさて」とウサギ。「これは捜索だ。そして俺は結成した」

「なにしたって？」

「結成したんだよ。つまり、それは捜索するために行うことなんだ。全員が一度に同じ場所を探しても無駄だからね。プー、君にはまず、六本松のあたりを当たってほしい。それからフクロンの家のほうへ向かって捜索を続行してくれ。そこで俺と落ち合おう。わかった？」

「わかんない」とプー。「なんだって？」

「じゃ、一時間後に、フクロンの家で」

「コプタンもチェッケイされてるの？」

「ひとり残らずな」

ウサギはそう言うが早いか、去っていきました。

ウサギが視界から消えたとたんにプーは思い出しました。「チビ」がどんなヤツなのか、聞き忘れたことを。鼻の先にとまるほどの大きさなのか、誤って踏みつぶされるくらいちっこいのか。でも、もはや手遅れです。聞き忘れてしまったからには、まずコブタのコプタンを探すことから捜索を開始しようとプーは考えました。捜索を始める前に、みんながなにを探しているのか、コプタンに聞いてみようと思ったのです。

「となると、コプタンを探しに六本松へ行ってもしょうがないや」

とプーは自分に言い聞かせました。

「だって、コプタンはコプタン自身の特別な場所でチェッケイされているはずだもの。だからまずその特別な場所を探しにいかなきゃ。でもそれって、どこなんだろう」
プーは頭の中でこんなふうに書き留めました。

モノを探す順番

1. 特別な場所（コプタンを見つけるため）
2. コプタン（チビがどんなヤツかを知るため）
3. チビ（チビを見つけるため）
4. ウサギ（チビを見つけたことをウサギに知らせるため）
5. チビふたたび（ウサギを見つけたことをチビに知らせるため）

「これは面倒な日になりそうだぞ」と、プーはドシンドシンと歩きながら、思いました。

次の瞬間、それは本当に面倒な日になってしまいました。プーったら、あれこれ考えるのに忙しすぎて、どこを歩いているのかも見ていなかったので、たまたまポッカリ穴が開いていた森の一部分に足を踏み入れてしまったのです。そのとき唯一

考えることができたのは、

「僕、飛んでる。フクロンみたい。でもこれって、どうすれば止まぁぁ……？」

というところでプーは止まりました。

ドスン！

「イテ！」何かがキイキイ声をあげました。

「変だなあ」とプーは思いました。「僕、ぜんぜん痛くないのに、『イテ！』って、言っちゃったみたい」

「助けて！」と小さい、高い声がしました。

「また僕だ」とプーは思いました。「僕は事故に遭った。でもって井戸に落ちた。そしたら僕の声はキイキイ声になって、自分が出そうと思う前にキイキイ出ちゃう。きっとからだのなかで、なにかやらかしちゃったんだ。なんてこった！」

「助けて、助けて！」

「そらみろ。言おうとしてないのに、言ってるよ。これは相当にひどい事故だぞ」

それからプーは考えました。もしかして、なにか言おうと思ったときは、なにも言うことができないんじゃないかと。それを確かめるために、プーは大声で叫んでみました。

「クマのプーの身にとんでもなくひどい事故が起きました！」

「プー！」とキイキイ声が言いました。

「コプタンじゃないか！」プーは熱く語りかけました。「どこにいるの？」

「下」とコプタンは下っぽい声で答えました。

「どこの下？」

「君の」とコプタンはキイキイ言いました。「どいてくれる？」

「ああー」とプーは、できるかぎり急いでよたよた立ち上がりました。「僕、君の上に落ちたの、コプタン？」

「君は僕の上に落ちてきたんだ」と、コプタンはからだじゅうをなで回しながら言いました。

「そんなつもり、なかったんだけど」とプーは申し訳なさそうに言いました。

「僕だって、下敷きになるつもりはなかったさ」とコプタンが悲しそうに答えました。

「でも、もう大丈夫だよ、プー。落ちてきたのが君でよかった」

「なにが起きたんだろう？」とプー。「だいたい、ここはどこ？」

「たぶん、穴の中だと思う。僕、人探しをしながら歩いてたんだ。そしたら突然、何歩いてなかったの。で、ここはどこなんだろうと思って、立ち上がりかけたら、かが僕の上に落ちてきて、それが、君だったってわけさ」

「僕だったんだ」とプー。

「そう」とコブタン。「ねえ、プー」とコブタンは不安そうに言葉を続け、少し顔を近づけてきました。

「もしかして僕たち、罠に落ちたと思う?」

プーはそんなことまったく考えてもいなかったのですが、そう言われたとたん、頷きました。プーとコブタンは以前に一度、象《ゾオオ》を捕まえるための「プーの罠」をつくったことを思い出したのです。そして、今なにが起きたのかを想像しました。プーとコブタンは、プーを捕まえるための「ゾオオの罠」に落ちてしまったのではないか。その罠が、これだったというわけです。

「じゃ、ここにゾオオがやってきたら、どうなるの?」

コブタンは、プーの説明を聞いて、震えおののきながら質問しました。

「たぶん、君には気づかないよ、コブタン」とプーはコブタンを元気づけようと思って言いました。「だって君はとても小さい動物なんだもの」

「でも、君には気づくよね、プー」

「ゾオオは僕には気づくだろうね。そして僕もゾオオに気づいてやるんだ」とプーは、考え抜いた末に、言いました。

「僕らはたがいに長い時間、気づき合って、それからゾオオが言うんだ、『バオー！』って」

コプタンは、その「バオー！」の場面を想像するだけでからだがまた震え出し、耳をピクピクひきつらせました。

「な、なんて答えるつもり？」とコプタン。

プーはなんて答えようかと考えましたが、考えれば考えるほど、わからなくなりました。だって、ゾオオがどんなつもりで「バオー！」という声を出そうとしているのかと思えば、そんな「バオー！」に対して答えはないような気がしてきたのです。

「僕、なにも言わない」とプーは最終的にそう答えました。「僕はただ、鼻歌を歌うことにする。なにかを待っているような調子でね」

「そしたら、ゾオオはまた、『バオー！』っていうんじゃない？」とコプタンは心配そうに訊ねました。

「そうだろうね」とプー。

コプタンの耳があまりにも激しくピクピクし始めて、そのピクピクを抑えるため、落とし穴の壁に自分の耳を押し当てなければならないほどでした。

「ゾオオはまた『バオー！』って言うだろうな。でも僕は鼻歌を歌い続ける。そしたらゾオオの調子が狂っちゃうよ。たとえばもし君が『バオー！』ってニヤニヤしながら二回言ったとして、それに対して誰かが鼻歌で返してきたら、三回目の『バオー！』を言おうとする直前に、気づくと思うんだ」

「なにに？」とコプタン。

「だから、じゃなくなる……」

「なにが、じゃなくなるの？」

　プーは自分の言いたいことはわかっていたのですが、なにしろ、極めて脳みそのちっちゃなクマなので、言葉が出てこなかったのです。

「だから、そうじゃ、なくなる……」とプーは繰り返しました。

「つまり、もう怖い『バオー！』っぽくならないってこと？」とコプタンは期待を込めて聞き直しました。

　プーはコプタンを尊敬に満ちた目で見つめました。まさにプーが言いたかったのは、そういうことだったのです。もしずっと鼻歌を歌い続けたら、相手は永久に「バオー！」なんて言えなくなるに決まってる。

「でも、他のことを言い出すんじゃないの？」とコプタン。

「その通り！　おそらくゾオオは『なに言ってるんだ、さっきから』って聞いてくるだろうな。そしたら僕は言ってやるんだ。ちょっと、いいアイディアだぞ、コプタン。思いついちゃったよ。つまり、こう言ってやるのさ。『これは僕がつくったゾオオのための罠なんだ、僕はお前がここに落ちるのを待ってたんだよ』ってね。でもって僕はまた鼻歌を歌い出す。きっとゾオオはビビるぞぉぉ」

「プー！」とコプタンは叫びました。今度はコプタンがプーを尊敬する番です。

「君は救世主だ！」

「僕が？」とプーは確信がなさそうに聞き返しました。

でもコプタンには確信がありました。コプタンは頭の中でプーとゾオオが言い合っているところを想像してみました。そしてふと気がついて、ちょっとだけ悲しくなりました。なぜなら、ゾオオと堂々とわたり合う相手がプーではなく、僕のほうがよかったんじゃないかしらと思ったからです。もちろんプーを愛してはいるけれど、たぶん僕のほうがプーより少し脳みそがあるし、プーより僕のほうがゾオオとの会話をうまく運べると思ったのです。そうすれば、その後ずっと、夜が来るたびに思い返しては心が和むことでしょう。あの日、そこにあたかもゾオオがいないかのごとく勇敢に、僕はゾオオに言い返してやったんだなあと。なんだ、簡単なことじゃないか。コプタンは気づきました。コプタンはもはや言うべきことがなんであるか、わかっていました。

ゾオオ　（ニヤニヤしながら）バオー！

コプタン　（平然と）トゥラララ、トゥラララ

ゾオオ　（驚いて、なにが起きたのかわからない様子で）バオー!?

コプタン　（さらに平然としたまま）ティドゥル　アンタン　ティドゥル　アンタン

ゾオオ　（バオーと言おうとして不自然に咳き込みつつ）バッホン！　なにを言っちょる？

コプタン　（驚いて）よぉ！　これは僕がつくった落とし穴だぞ。でもって僕はお前が落ちるのを待ってたんだ！

ゾオオ　（大いにがっかりして）なんてこった！　（長い沈黙のあと）ほんとか？

コプタン　そうさ！

ゾオオ　なんだと！　（少し不安げに）こ、これは俺がコプタンを捕まえるためにつくった落とし穴だと思ってたんだが。

コプタン　（驚いて）ちがうよ！

ゾオオ　そいつは……（いいわけがましく）、どうも俺が勘違いしていたようだ。

コプタン　そのようですね（礼儀正しく）。残念ながら（鼻歌を歌い続けつつ）。

ゾオオ　そうかい、そうかい、ソースかい。ってことは、俺はそろそろ引き上げたほうがよさそう……？

コプタン　（平然と見上げて）ってことですね。さて、どこかでクリストファー・ロビンに会ったら、僕が会いたがっていたって伝えてくれないかしら？

ゾオオ　（おべっかを使うかのように）もちろん、もちろんです！（それから急いで消えていく）

プー　（この会話にもともとプーはいないはずだったのだけれど、プーなしに話を進めるわけにもいかないので）コプタンったら、なんて勇敢で頭がいいんだろう！

コプタン　（謙遜しつつ）なんでもないことさ、プー。（それから、クリストファー・ロビン現る。プーはそれまでの経緯のすべてを彼に語ることができる）

コプタンがこのシアワセいっぱいの夢を見ている間に、プーはもう一度、ハチミ

3　捜索隊が結成され、コプタンはふたたびゾオオに遭遇しかける。

ツ壺が十四個だったか十五個だったかについて考えていましたし、いっぽうで「チビ捜索隊」は相変わらず森じゅうを捜索し続けておりました。

チビの本名は、「とってもチビのカブトムシ」でしたが、短く「チビ」と呼ばれていました。もっとも、何かの拍子に「マジ、チビ！」と誰かに話しかけられるようなとき以外、めったに呼びかけられることはなかったんですがね。

「チビ」はしばらくの間、クリストファー・ロビンと一緒にいたのですが、運動のためにトゲエニシダの茂みのまわりを歩き始めました。そのあと当然、反対側の道から戻ってくると思ったら、戻ってこなかったので、どこへ行ったか誰もわからなくなってしまったというわけです。

「ウチに帰ったんじゃないの？」とクリストファー・ロビンはウサギに言いました。

「チビ、言ってました？　さようなら、楽しかったよ、ありがとうって」とウサギ。

「いや、チビは『はじめまして』としか言ってない」

「ケッ」とウサギは言いました。少し考えてから言葉を続けました。「なんか書き置きしてなかったんですかね？　すごく楽しかったとか、急においとまして申し訳ないとか」

クリストファー・ロビンはそんなものは残っていないと思いました。

「ケッ」とウサギはもう一度、もったいぶった顔をして吐き捨てました。「これは深刻ですぞ。チビは失踪した。ただちに捜索を開始しなければなりません」

他のことを考えていたクリストファー・ロビンは、聞きました。

「プーはどこ？」

でもすでにウサギは消えていました。そこでクリストファー・ロビンは家に戻り、プーが朝のだいたい七時に長い散歩をしている姿を絵に描きました。そのあと彼は自分の木のてっぺんに登って、下りてきて、それからプーがどうしているかなと思い、森を横切っていきました。

ほどなくクリストファー・ロビンはジャリ穴にたどり着いたので、見下ろしてみると、なんとプーとコプタンがいるではありませんか。ふたりはクリストファー・ロビンに背中を向けて、いとも楽しそうに夢見心地の様子でした。

「バオー！」とクリストファー・ロビンは唐突に大きな声をあげました。

コプタンがギョッとして、ビクッとして、十五センチほど飛び上がりました。いっぽうプーはと言えば、相変わらず夢見心地のまま。

「ゾオオが出たぞ！」とコプタンはびくびくしながら秘かに考えました。「よし！」とコプタンは、言葉に詰まらないよう軽く喉を鳴らしてから、もっとも陽気なふりをして、あたかも今、思いついたかのように「トゥラララ　トゥラララ」と歌ってみせました。ただし、コプタンは後ろを向きませんでした。なぜなら、もし振り返って、そこにたたいそう恐ろしいゾオオがこっちを見下ろしていたら、言おうと思っていた言葉を忘れてしまうかもしれないでしょう。すると、

「ラムタム　タム　ティドゥル　アン」

クリストファー・ロビンがプーの声色を真似てお返ししました。前にプーがそんな歌をつくっていたからです。

トゥラララ　トゥラララ
トゥラララ　トゥラララ
ラムタム　タム　ティドゥル　アン

クリストファー・ロビンがこの歌を歌うときは、いつもプーの声色を真似ていました。そのほうが歌に合うからです。

「ゾオオったら、ちがうことを言い出したぞ」とコプタンは不安になりました。

「ゾオオはここで『バオー』って、もう一度、言う番だったのに。たぶん僕がそれ

を言ってあげたほうがいいんだな」

そこでコプタンはできるかぎり怖そうな声をつくって叫びました。

「バオー!」

「どうやってそこに下りたんだい?」とクリストファー・ロビンがいつもの声に戻って聞きました。

「とんでもないことになったぞ」とコプタンは思いました。「最初はプーの声で語りかけてきて、それから今度はクリストファー・ロビンの声を出してさ。僕を動揺させようとしてるんだ」

混乱の極みに至ったコプタンは、ものすごい早口のキイキイ声で言いました。

「これはプー族のための落とし穴なんだぞ。僕もその罠に引っかかろうとしているとこなんだから、バオー。もうなにがなんだかわかんない。もう一度、バオーって言ってやるぅ」

「なに言ってんの?」とクリストファー・ロビン。

「本当はバオー族への落とし穴なんだ」とコプタンがかすれ声で、「今、僕が作ったんだもん。でもって僕、バオーバオーが、来るー来るーを待ってたんだもん」

こんな調子でどれほど長くコプタンが喋り続けたかはわかりませんが、その間にプーがにわかに夢から覚めて、ハチミツの壺の数を「十六」に決めたところでした。そして起き上がり、背中の真ん中の、誰かにくすぐられているようなモゾモゾした落ち着かない部分を掻こうと思い、振り返ったところ、そこにクリストファー・ロビンがいるではないですか。

「やあ！」とプーは嬉しそうに叫びました。

「やあ、プー」

コプタンが顔を上げ、急いで視線をそらしました。コプタンは自分がバカに思えて、いたたまれなくなりました。いっそ海に走り去って船乗りにでもなりたい気分でしたが、そのとき、何かを発見したのです。

「プー！」とコプタンは叫びました。「君の背中をなにかが登っている！」

「そうだと思ったよ」とプー。

「それ、チビだよ！」とコプタンが叫びました。

「ああ、なにかと思ったら、チビなの？」とプー。

「クリストファー・ロビン、僕、チビを見つけたよ」とコプタンが叫びました。

「よくやった、コプタン！」とクリストファー・ロビンが言いました。

その褒め言葉に、コプタンはすっかり元気を取り戻しましたので、結局、船乗りになるのはやめることにしました。

こうしてクリストファー・ロビンが彼らをジャリ穴から救い出したのち、みんなで手に手を取り合って、その場をあとにしました。


二日後、ウサギは森でイーヨーにばったり出くわしました。

「こんにちは、イーヨー」とウサギは挨拶しました。「なにを探してらっしゃるんですか？」

「チビに決まっとるじゃろうが。あったま、悪いんじゃないか？」

「おっと、俺、話してませんでしたっけ？」

ウサギが言いました。

「チビは二日前に発見されたんですよ」

一瞬、気まずい沈黙が訪れました。

「ヘッ」とイーヨーが苦々しげに言いました。

「祝賀会やらなんやかや、あったんだろう。まあ、謝るほどのことではない。それが世の常というものじゃ」

4　トララ族は木に登らないことが判明。

ある日、クマのプーが考えごとをしていると、ふと、昨日以来、年寄りロバのイーヨーに会っていないことに気づいたので、会いにいこうと思い立ちました。こうしてプーがヒースの木立の間をハミングしながら歩いているとき、突然、思い出したのです。そうだ、おととい以来、フクロウのフクロンに会っていない。そこでプーは、道すがらの百年森にちょっと立ち寄って、フクロンが家にいるかどうか確かめようと思いました。

さて、プーは歩きながら歌い続けているうち、せせらぎの飛び石のあたりにたどり着きました。三つ目の石の真ん中に立ったとき、そういえばカンガルー母子《おやこ》のカンガとルーとトラのトララは仲良くやっているだろうかと気になりました。森の別のところに、彼らが一緒に住んでいたからです。プーは考えました。

「ルーとはずいぶん会っていないなあ。もし今日会わなかったら、もっとずいぶん会わないことになっちゃう」

プーはせせらぎの真ん中の石の上に座り込み、前につくった歌の別の一節を歌い出しました。歌いながら、どうしたものかと考えました。別の一節とは、こんな具合です。

なんて楽しい朝だろう
ルーに会えたら
なんて楽しい朝だろう
プーが僕だから
どうってことないさ
なにをしようとも
太らないかぎり
(僕、太らないし)

どうってことないさ

お日様はポカポカあたたかく、お日様の下に長い時間いた石もポカポカあたたかかったので、午前中はずっと、「せせらぎの真ん中のプー」でいようと心に決めました……と、思った矢先、ウサギのことを思い出したのです。

「ウサギ！」とプーは独りごちました。

「ウサギとおしゃべりすると楽しいよねえ。ウサギって、気の利いた話をするんだよねえ。ウサギはフクロンみたいに長くて難しい言葉なんか使わない。ウサギの言葉は短くて、わかりやすい。たとえば『お昼ご飯、どうする？』とか、『お好きなだけどうぞ、プー』とかね。思ったんだけど、マジ、ウサギに会いに行かなきゃ」

こうしてプーはもう一つ、歌を思いつきました。

ああ　あの言い方がたまらない
僕　大好き
このやりとりが最高
僕と君

4　トララ族は木に登らないことが判明。

君が言うんだ　『お好きなだけ』
くせになっては　大問題
でも　楽しいくせは　大歓迎
プーといたしましては

さて、プーは歌い終わると、石から立ち上がり、せせらぎを引き返してウサギの家へ向かいました。

しかし、それほど遠くまで行かないうちに、プーは自分に問いかけました。

「そうだ、ウサギが留守だったらどうしよう」

「それとも僕がウサギの家の玄関に詰まったら？　おいとまするとき、玄関の穴が小さすぎて詰まったらどうしよう、この間みたいに」

「もちろん僕はあのときより太ってはいないけど、ウサギの玄関はあのときより狭くなっているかもしれないもの」

「そんなことならむしろ……」

なんてずっとブツブツ言いながら、無意識のうちに西へ向かって歩いていくと、突然、目の前に自分の家の玄関が現れました。

ときは朝の十一時。

「なにかひとくち」のお時間です。

三十分後、プーは普段通りの行動に出ていました。つまり、コブタのコプタンの家に向かってのっしのっしと歩いていったのです。プーは歩きながら、前足の甲で口をぬぐい、ふさふさした毛並みから漏れるモハモハした声で歌を歌いました。

それはこんな歌でした。

なんてステキな朝だろう
コプタンに会えたら
こんなステキな朝なんて
コプタンなしじゃ　ありえない
どうってことないさ
フクロンやイーヨーと（他の誰にも）
会わなくたって
だから僕は　フクロンにもイーヨーにも（他の誰にも）会わないの
クリストファー・ロビンにも

こんなふうに書いてみると、たいしていい歌には思えません。でも、晴天の朝の十一時半に、薄茶色のモフモフした口元を通して歌ってみれば、プーには、今まで作ったどの歌よりも素晴らしい出来に思えました。そこでプーは歌い続けることにします。

コプタンは家の外の地面に小さな穴を掘ることに忙しくしておりました。

「やあ、コプタン」とプー。

「やあ、プー」とコプタンは、びっくりして跳び上がりながら応えました。

「君だと思ったよ」

「僕もさ」

とプーが答え、「なにしてるの?」

「僕、どんぐりを植えているんだ、プー。これが育ったら樫の木になって、ウチの前にたくさんのどんぐりをつけるんだ。そしたら何マイルも歩いてどんぐりを探しにいかずにすむだろ」

「そうならなかったら?」とプーは聞き返しました。

「なるさ。だってクリストファー・ロビンがなるって言ってたもん。だから僕、植えているんだよ」

「ふうん」とプー。「じゃ、もし僕がハチの巣を家の前に植えたら、大きなハチの巣の木になるのかな」

コプタンは、それに関してはよくわかりませんでした。

「それとも、ハチの巣のひとかけらを」とプーは続けます。「無駄にならないくらいにね。ケチったら、ケチった分くらいのハチの巣の木が育つのかなあ。蜜のないハチの巣になっちゃって、ハチミツなんかなくて、ただハチがブンブン飛んでいるだけになったりして？　なんてこった」

コプタンは、まったくもって、なんてこっただと、プーに同意しました。

「それにね、プー、園芸って、ものすごく難しいんだよ、やり方を知らないとね」とコプタンは言いました。それからコプタンは自分が掘った穴にどんぐりを一つ入れ、土をかぶせ、その上を跳んで踏みならしました。

「知ってるよ、それくらい」とプー。「だってクリストファー・ロビンが僕にマスタチューブの種をくれたことがあったもの。それを植えたから、もうすぐウチの玄関の前はマスタチューブでいっぱいになるんだ」

「もしかしてそれって、ナスタチウムのことじゃないのかなあ……」とコプタンが、地面を踏みならしながら、おぼつかなげに言いました。

「ちがうよ」とプー。「それじゃないよ。マスタチューブって呼ばれてるんだから」

コプタンが地面を踏みならすのをやめて、前足の土汚れをお腹でぬぐいました。

「で、なにしよっか？」

するとプーが、

「カンガとルーとトララに会いに行こうよ」

「ううう、うん。いいい、行こうか！」

コプタンはまだ、トララのことがちょっとだけ怖かったのです。なんたってトララは暴れん坊の動物で、どれほどカンガが恐れおののくコプタンを助け起こしながら、「優しくね、トララちゃん」と言い聞かせても懲りることなく、耳の中にビンビン響くほどの大音量で「初めまして！」と毎回、挨拶をするぐらいですから。

こうしてプーとコプタンは、カンガの家を目指して出発しました。

さて、カンガはその朝、なぜかすっかりお母さん気分になって、あれこれ数え始めていました。ルーのベストはいくつあるかしら。石鹸はあといくつ残っていたかしら。それからカンガは、トララのエプロンに汚れていない箇所を二つ見つけて、ルーのためにクレソンのサンドイッチを、トララのために麦芽エキスサンドイッチを作って持たせ、「お昼まで森でゆっくり遊んでらっしゃい。いたずらしちゃいけませんよ」と言い聞かせてから、彼らを送り出しました。

トララとルーは出かけました。トララはルー（なんでも知りたがる）に、トララ族ができることとすべてについて話し始めます。

「トララ族は飛べるの？」とルーが聞くと、

「もちろんさ」とトララ。「飛ぶのは得意。トララ族だから。めちゃ得意！」

「へええ」とルー。「フクロンくらい？」

「飛べるよ」とトララ。「ただ、飛びたくはないの」

「なんで飛びたくないの？」

「うーん、なんか飛びたくないんだな、これが」

ルーにはその気持がちっともわかりませんでした。なぜなら、飛べたらどんなにステキだろうかと思っていたからです。でもトララは、それはトララになってみないと理解できないことだと言いました。

「じゃあ」とルーが続けました。「トララ族はカンガ族と同じくらい遠くまで跳びはねることはできるの？」

「できるよ」とトララ。「そうしたいと思ったらね」

「僕、跳びはねるの、大好き」とルー。「僕とトララと、どっちが遠くまで跳べるか、競争しようよ」

「いいよ」とトララ。「でも、今、そんなことしている暇はないんだ、じゃないと遅れちゃう」

「なにに?」

「間に合いたいことぜんぶ」とトララは急ぎながら答えました。

ほどなく、彼らは六本松に着きました。

「僕、泳げるんだ」とルー。「前に川に落っこちたとき、僕、泳がったよ。トララ族は泳げる?」

「もちろん泳げるさ。トララ族はなんだってできるんだ」

「トララ族は、プーより上手に木に登れる?」とルーが、いちばん高い松の木の下で立ち止まると、木を見上げながら聞きました。

「木登りこそ、トララ族のいちばん得意とするところさ」とトララが言いました。

「プーなんか目じゃないよ」

「この木に登れる?」

「こんな木はしょっちゅう登ってるよ」とトララ。「一日じゅう、登ったり下りたりしてるさ」

「へええ、トララ、ホントぉ？・」

「見せてやろう」とトララは勇ましく言うと、「ほら、おいらの背中に乗って、見てろよ」

なぜならば、それまでできると語ったあれこれのなかで、唯一、トララが間違いなくできると、にわかに確信できたのは、木登りだったのです。

「すごい、トララ、すごい、トララ、すごい、トララ！」

ルーが興奮して叫びました。

ルーはトララの背中に座って、一緒に登り始めました。

そして最初の三メートルほどを登ったところで、トララは幸せそうに独り言を言いました。「もっと行くぞ」

それからさらに三メートル登ったところで、

「トララ族は木に登れるって、おいらはいつも言ってたんだ」

そしてさらに三メートル登ったところで、

「だからって、簡単とは言わなかった」

それからさらに三メートル登ると、

「もちろん、木登りには、下りもある。もと来たほうへ」

それからトララは言いました。

「でも落ちないように下りるのは……」

「難しい……」

「いっそ落ちてしまえば、下りるのは……」

「らくちん！」

トララが「らくちん！」と言ったと同時に、乗っていた枝がポキッと折れて、「落ちる！」と思ったその瞬間、トララは慌てて頭上にあった枝をなんとかつかみ、それからゆっくり自分の顎を枝の上に乗せ、そのあと後ろ足を乗せ、続いてもう片方の後ろ足を乗せ、ハアハア言いながら、やっとこさっとこ枝の上に座ることができたとき、泳ぎに行ったほうがよっぽどましだったと思いました。

ルーはトララの背中から下りて、その隣に座り込みました。

「すごい、トララ！」とルーは興奮気味に言いました。「僕たち、木のてっぺんにいるの？」

「いや」とトララが否定しました。

「じゃ、これからてっぺんに登るの？」

「いや」とトララが否定しました。

「なんだあ」とルーがちょっと悲しそうに言いましたが、すぐに機嫌を取り戻し、

「今の冗談、面白かったよ。君が木からまっさかさまに落ちる真似をして。でも僕たち、落ちなかったもんね。もう一度、冗談、やる？」

「やらない！」とトララ。

ルーはしばらく黙りました。それから言いました。「サンドイッチ、食べようか、トララ」

するとトララは、

「そうだね。どこにある？」

「木の下」

「じゃあ、まだ、食べないほうがいいんじゃないかな」

そしてふたりは、食べませんでした。


まもなく、プーとコプタンがやってきました。プーはコプタンに向かって、もし僕が太りさえしなければ、もともとプーは自分が太るなんて思ってもいなかったのですが、なにをしたとしてもたいしたトラブルにはならないということを、歌うよ

うな調子で話しかけておりました。いっぽうコプタンはといえば、ウチの前に植えたどんぐりが芽を出すまでにどれくらい時間がかかるのかしらと考えておりました。

「見て、プー！」とコプタンが突然、声をあげました。「松の木の上になにかがいるよ」

「ほんとだ」とプーは不思議そうに見上げました。「なんか動物がいるぞ」

コプタンはプーの腕を取りました。プーが怖がっていたらいけないと思ったからです。

「猛獣のたぐいかな？」とコプタンが、顔をそむけながら聞くと、プーは頷きました。

「あれは、ピョーだ」とプー。

「ピョーって、なにするの？」とコプタンが、なにもしないことを願いながら聞きました。

「ピョーは木の枝の間に隠れて、誰かが下を通りかかったら、飛びかかってくるんだ」とプーが言いました。「クリストファー・ロビンがそう言ってた」

「たぶん、僕たち、木の下を通らないほうがいいと思う、プー。ピョーが飛びかかりそこねて、怪我したらいけないもの」

「ピョーは怪我なんかしないよ」とプー。「だってピョーは、飛びかかるの、得意だもの」

そう言われても、たいそうな飛びかかり上手の下にいることは間違っているとコプタンは思いました。そこで、なんだか忘れ物をしたような気分になって、家に取って返そうとしたそのとき、ピョーがプーとコプタンに向かって叫んだのです。

「助けて、助けて」

「ピョーって、いつもこうなんだ」とプーは知ったかぶりをして言いました。「あいつら、まず『助けて、助けて』って言って気を引いて、こっちが見上げると、飛びかかってくるのさ」

「僕、下、向いてますから」とコプタンが大声で言いました。ピョーが間違って襲いかかってこないために。

ピョーの隣にいた、たいそう興奮気味のなにかがコプタンの声を聞いて、キイキイ声をあげました。

「プーとコプタンだ。プーとコプタンだ！」

その瞬間、コプタンはその日が思っていたよりはるかにステキな一日になった気がしました。すべてがあったかくて、ポカポカして。

「プー！」とコプタンは叫びました。「あれはトララとルーじゃないか！」

「そうだね」とプー。「僕、てっきりピョーと、もう一匹のピョーだと思ってた」

「こんにちは、ルー！」とコプタンが声をかけました。「なにしてんの？」

「下りられないの、下りられないの」とルーが叫びました。

「楽しいと思わない、プー？　楽しいでしょ。トララと僕、木の上に住んでるんだよ。フクロンみたいでしょ。僕たち、ずっとずっとここにいるんだ。ここからコプタンの家が見えるよ。ね、コプタン。僕、ここから君の家が見えるんだ。僕たち、高くない？　フクロンの家はここと同じくらい高い？」

「どうやって、そんなとこに登ったの、ルー？」とコプタンが聞きました。

「トララの背中に乗って登ったの。でもトララ族は下りられないんだ。尻尾が邪魔になるからね。だから登る専門なの。でもトララは登り始めたとき、そのことを忘れてたの。さっき思い出したんだ。だから僕たち、ずっとずっとここにいるか、じゃなきゃ、もっと上に登るかしかないの。なんて言ったの、トララ？　ああ、トララがね、もっと上まで登ったらコプタンの家がよく見えなくなっちゃうから、ここにいたほうがいいって言ってるよ」

「コプタン」とプーは、ルーの話を聞き終えると、重々しく話しかけました。

「どうしようか」

そしてプーは、トララのサンドイッチを食べ始めました。

「あいつら、にっちもさっちもいかなくなっちゃったのかな?」とコプタンが心配そうに聞きました。プーは頷きました。

「彼らのとこまで、登れないかしら?」

「たぶんね。ルーをおんぶして降ろすことはできると思う。でも、トララを降ろすのは無理かなあ。なんか他の方法、考えなきゃ」

プーは深く考えながら、今度はルーのサンドイッチにも手を伸ばしました。


プーがサンドイッチをぜんぶ食べ終える前に、なにかいい考えを思いついたかどうか、それはわかりませんが、残り二切れというところまできたときに、シダの茂みをガサガサ抜けて、クリストファー・ロビンとロバのイーヨーが連れ立って、ぶらぶらやってきたのです。

「明日、けっこうな分量のあられが降ろうとも、わしは驚きゃしない」

とイーヨーが話していました。

「大吹雪になろうとなんだろうと。今日、天気がいいことに、なんの意味もありゃ

4 トララ族は木に登らないことが判明。

しない。そんなものにどんな重……、なんと言ったかな？　まあともかく、なにもありゃせん。ほんの些細な天気の一部にすぎない」

「プーがいた！」とクリストファー・ロビンが言いました。彼は明日がどんな天気であろうとも、外に出かけられさえすれば気にしないタチでした。

「こんちは、プー！」

「クリストファー・ロビンじゃないか！」とコプタンが言いました。「彼ならどうすりゃいいか、知ってるよ」

プーとコプタンはクリストファー・ロビンのところへ走り寄りました。

「ねえ、クリストファー・ロビン！」とプーが語りかけました。

「と、イーヨー、じゃろ？」とイーヨーがつけ加えます。

「トララとルーが六本松の上に登って、下りられなくなっちゃったんだ、それで……」

「僕、ちょうど話してたところなの」とコプタンが割り込みました。「もしクリストファー・ロビンが……」

「と、イーヨーじゃろ……？」とイーヨー。

「とにかく、もしおふたりがここにいてくれれば、どうすればいいか思いつくと思うんだって、僕、話してたところなの」

クリストファー・ロビンがトララとルーを見上げ、知恵を絞ろうとしました。

「僕の考えでは」とコプタンが熱く語り始めました。「イーヨーが木の下に立って、プーがイーヨーの背中に乗って、僕がプーの肩に乗っかって……」

「でもって、イーヨーの背中が突然、ポキンといったら、みんな、笑えるじゃろうな。はっ！　ひそかなお楽しみってわけじゃ」とイーヨー。「ただし、役には立たぬ」

「ええと」とコプタンが気弱になって、「僕が思ったのはね……」

「背中、折れちゃうの、イーヨー？」とプーは驚いて聞き返しました。

「そこが面白いところだろう、プー。最後までなにが起こるかわかったものじゃない」

プーが「ふーん」と頷いて、ふたたびみんなで考え込みました。

「いい考えを思いついた！」とクリストファー・ロビンが突然、叫びました。

「聞きなさい、コプタン」とイーヨー。「わしらがなにをしようとしているか、お前にもわかるさ」

「僕がチュニックを脱ぐから、みんなはその端っこを持って。そしたらルーとトラ

4　トララ族は木に登らないことが判明。

ラがその上に飛び降りる。そうすれば、優しくバウンドして、ルーもトララも怪我をしなくてすむさ」

「トララ、降ろす作戦」とイーヨーが言いました。「加えて、誰も怪我しない作戦。この二つのアイディアを頭にたたき込んでおきなさい、コプタン。そうすればすべてはオッケイじゃ」

でも、コプタンはイーヨーの話をぜんぜん聞いていませんでした。コプタンは、クリストファー・ロビンの青いズボン吊りをまたしても見ることができるかと思うと、興奮してそれどころではなかったのです。

コプタンは過去に一度だけ、その青いズボン吊りを見たことがありました。ずっとちっちゃい頃の話です。そのときはズボン吊りに興奮しすぎて、普段より三十分も早くベッドに入らなければならなかったほどです。それ以来、コプタンはズボン吊りのあの青色とあのピシッとした感じが、本当に自分の思ったほどのものだったのだろうかと、ずっと考えていました。だからクリストファー・ロビンがチュニックを脱いだとき、思い描いていた通りのズボン吊りだったので、イーヨーに対しても優しくなれたのです。イーヨーの隣でチュニックの端っこをつかんだときは、イーヨーにニッコリ笑いかけることさえできました。

するとイーヨーが囁き返しました。

「断っておくが、これで事故が起こらんと言っとるわけではない。事故は、けったいなものだ。起こってしまうまでは、事故じゃないんだから」

さてルーは、これからなにをしなければならないかを理解したとたん、めちゃくちゃに興奮して、叫び出しました。

「トララ、トララ、僕たち、飛び降りるんだよ！　僕が飛び降りるとこ、見ててね、トララ。空を飛ぶみたいに、飛んでやるぅ！　トララ族は飛べるかな？」

ルーはキイキイ声を出し、

「今、行くよ、クリストファー・ロビン！」

そしてルーは飛び降りました。まっすぐ、チュニックの真ん中目指して。ルーがあまりにも勢いよく飛び降りたので、もといた枝と同じほどの高さまでバウンドし、さらに繰り返しバウンドして、そのたびに「ワオー」と何度も叫ぶことが、かなり長い時間、続きました。そしてようやく跳ねるのが止んだとき、ルーは「ワオー、たのちい！」と言いました。それからみんなでルーを地面に降ろしました。

「さあ、トララ、来いよ！」ルーはトララに声をかけました。「簡単だよ」

しかしトララは枝をしっかり握って、独り言を言いました。

「カンガ族のような跳躍動物にとってはいいかもしれないけど、トララ族のような水泳動物には、そう簡単にはいかないんだよ」

それからトララは、自分が川で仰向けになってぷかぷか浮いているときとか、あっちの島からこっちの島へ泳いでいくときのこととかを想像し、それこそがトララ族にとっての真の姿だと思いました。

「下りて来いよ！」とクリストファー・ロビンが声をかけました。「大丈夫だって」

「ちょっと待って」とトララがびくびく答えました。「木の皮が目に入っちゃって」

それからトララはゆっくり枝の上を移動しました。

「来いってば。簡単だよぉ」とルーがキイキイ叫びました。そして突然、トララはそれが簡単であることに気づきました。

「わああ！」トララは叫び、木々が後ろへ過ぎ去っていきました。

「気をつけて！」とクリストファー・ロビンが全員に向かって叫びました。

衝突音、やぶける音、そして全員が地面の上で、ぐちゃぐちゃのかたまりになりました。

クリストファー・ロビンとプーとコプタンが最初に立ち上がりました。それからトララを抱き起こしました。誰よりもいちばん下にいたのは、イーヨーです。

「イーヨーったら……」とクリストファー・ロビンが声をかけました。

「怪我しなかった？」

クリストファー・ロビンはイーヨーのからだを心配そうにさすってあげました。ホコリを払い、立ち上がるのを助けてあげました。

イーヨーは長い時間、なにも言いませんでした。しばらくすると、

「トララはいるのか？」

トララはいました。早くもぴょんぴょん跳ね回りかねない勢いです。

「いるよ」とクリストファー・ロビンは答えました。「トララはここにいる」

「そうか、礼を言っておいてくれ。これだけ痛い思いをさせてくれてありがとうとな」

5　ウサギは一日じゅう忙しい。そしてクリストファー・ロビンが午前中何をしているかわかる。

ウサギにとっていつも通りの忙しい一日が始まろうとしておりました。朝、起きたとたん、世の中の何もかもが自分を頼りにしているように思われて、偉くなった気がしました。今日こそまさに、何かを組織したり、ウサギのサインが入った通知書を書いたり、はたまたその内容についてウサギ以外の全員の考えを確認すべき日だったのです。

今朝こそまさに、クマのプーの家へ駆けつけて、「けっこうけっこう。では、コプタンと話してみよう」と言い、コブタのコプタンのところへ行って、「プー曰く……、いや、おそらくまずはフクロンに確認しなければ」と思い立つ。言ってみれば今日はリーダー的な日。すなわち、誰もが「その通り、ウサギ」もしくは「ちがうよ、ウサギ」と言ったあげく、最終的にウサギの指示を待つことになる日だったのです。

ウサギは家の外へ出て、暖かい春の朝の匂いをクンクン嗅ぎながら、これから何をすべきか考えました。カンガルーのカンガの家がいちばんご近所です。カンガの家にはルーがいます。ルーはきっと「そうだよ、ウサギ」とか「ちがうよ、ウサギ」とか、森の仲間の誰よりも迷うことなくきっぱり言ってくれるでしょう。でも最近、カンガの家にはもう一匹、動物がいます。変わり者で暴れん坊のトラのトラ。トララってヤツは、道を教えてやろうとすると、いつも自分より先に進んでドタバタ跳ねまわるのです。ようやく目的地に着いて「ほら、着いたぞ!」と教えようとする頃には、たいていの場合、どこかへ姿を消しているという始末。

「ちがうな、カンガの家じゃないな」

ウサギは、髭を太陽の下でなでながら、考え深げに独りごちました。それからウサギは、カンガの家へは向かわないという意志をはっきりさせるために、左を向いて、反対方向へ駆け出しました。それはクリストファー・ロビンの家へ向かう道でした。

「結局のとこ」とウサギは自分に言いました。

「クリストファー・ロビンは俺を頼ってるんだよ。あいつはプーやコプタンやイーヨーのことを好きだし、もちろん俺だってやつらのことは好きだ。でもあいつら、脳みそがないからな。言うまでもないことだけど。でもってクリストファー・ロビンはフクロウのフクロンを尊敬してる。だって火曜日《Tuesday》のスペルが書けるのはフクロン以外にいないんだから、尊敬するのも当然だ。たとえそのスペルがまちがっていたとしてもね。ただしかし、スペルがすべてじゃない。火曜日と書けてもまったく意味をなさない日だってあるんだしさ。それでもって、カンガはルーの世話をするのにいっぱいいっぱいで、ルーは小さすぎるし、トララは暴れん坊すぎるときたもんだ。あいつら、何の役にも立ちゃしない。つまるところ、誰もいないってことだ、俺以外にはね。そんなこと誰にだってわかることさ。さて、クリストファー・ロビンが何をしたいと思っているのか、行って確かめようじゃないか。そのうえで彼の役に立ってやろうじゃないか。今日はまさに、そういうことをする日なのさ」

　ウサギは楽しそうに跳ね続けました。やがてウサギはせせらぎを渡り、ウサギの親族仲間一同の住む場所へたどり着きました。その朝は、いつもより親族仲間一同の数が多いように見えました。ウサギは一、二匹のハリネズミと、握手するには忙しすぎたので軽い会釈ですませ、一方で「おはよう、おはよう」と威厳に満ちた風情で他の連中と挨拶を交わし、「ああ、そこにいたのか」と小さな者たちに優しく声をかけ、前方を向いたまま肩越しに前足を振ってバイバイをしながら通りすぎました。ウサギがそこを通りすぎたあと、何かが起きそうだというワクワクドキドキムードが盛り上がりすぎて、早足駆之輔《はやあしかけのすけ》を含めたカブトムシ一族の何匹かは、ただちに百年森へ向かってごそごそ動き出し、あたりの木々に登り始めました。何かが起きるより前に、それがなんであるかはさておいて、しっかり見届けようと、木のてっぺんを目指したのです。

ウサギは刻々と自分が偉くなっていく気分を味わいつつ、百年森の端に沿って急いで進みました。まもなくウサギは、クリストファー・ロビンの住む木の前にたどり着きました。ウサギは玄関の扉を叩きます。それから一、二回、声をかけました。そして少し後ずさりすると、前足を上げて日差しを避け、木のてっぺんに向かって声をかけました。ウサギは木のまわりを回りながら、叫びました。

「ハロー！」とか、「ちょっと！」とか、「ウサギですけど」とか。

でも、なんの反応もありません。そこでウサギは立ち止まり、耳を澄ませました。するとあらゆるものが停止して、ウサギと一緒に聞き耳を立てました。さんさんと陽の降り注ぐ中、森じゅうがひっそりと平穏に静まり返っています。突然、はるか天空高きところより、ヒバリの歌声が聞こえてきました。

「なんてこった！」

ウサギは言いました。

「留守かよ」

ウサギは確認のためもう一度、緑色の玄関前に戻り、その日の朝がすっかり台無しになったと思いながら、その場を去ろうとしました。と、そのときです。ウサギは地面に紙っぺらが落ちているのを発見しました。紙にはピンが刺さっていて、まるでついさっき扉から落ちたかのようです。

「ハッハア！」とウサギはすっかり嬉しくなって言いました。

「また張り紙か！」

それは以下の通り。


るすす。

すすもどる。

いそがす。

すすもどる。

ク・ロ

「ハッハア！」とウサギはもう一度言いました。

「みんなに知らせなきゃ」

それからウサギはすべてを了解したかのようなしたり顔でその場を急いで立ち去りました。

いちばん近いのはフクロンの家でした。ウサギは百年森の中にあるフクロンの家へ向かいました。フクロンの家の玄関に着くと、扉を叩き、呼び鈴を鳴らしました。さらに呼び鈴を鳴らし、扉を叩くと、ようやくフクロンが顔を出しました。

「帰ってくれ、あたしゃ今、思索中ですんで……なんだい、あんたかい」と、いつものようにフクロンが言いました。

「フクロン」とウサギは簡潔に言いました。

「あんたと俺には脳みそがある。他の連中の頭の中は綿ぼこりだけさ。この森で考えなきゃいけないことが起こったときに、俺が考えるって決めたら、マジ、考えるってことなんだ。あんたと俺が、考えるべきなんだ」

「それはそうだ」とフクロン。「今までだってそうしてきたさ」

「これ、読んで」

フクロンはクリストファー・ロビンの張り紙をウサギから受け取ると、心配そうに見つめました。フクロンは自分の名前を「フロクン」と書くことはできたし、水曜日ではないことがわかるように、火曜日と綴るすべも持ち合わせていました。それにフクロンは文字を読む能力においても、肩越しに誰かから「で?」なんて絶えず口を挟まれないかぎり、極めて容易にこなすことができたのです。それにフクロンは……、

「で?」とウサギが口を挟みました。

「そうねえ」とフクロンは、いかにも賢そうな思慮深い様子で答えると、

「あんたの言っている意味がわかりましたよ。間違いない!」

「で?」

「まさしく」とフクロンが、「まさにそのとおり」

それからフクロンは、しばし考えた後、つけ加えました。

「あんたがここへ来なかったら、あたしがそちらへ参じたところですよ」

「なんで?」とウサギが訊ねました。

「まさに、それゆえにこそ」と、フクロンは、何か助けになるようなことがすぐに起こってくれないかと期待しながら、答えました。

「昨日の朝」とウサギは真面目な様子で切り出しました。

「俺、クリストファー・ロビンに会いに行ったんだよ。でもあいつ、留守だったんだ。扉の上に張り紙がピンで留められていてね」

「これと同じ張り紙が？」

「違うヤツ。でも、内容は同じ。実に奇妙だ」

「驚いたもんだ」と、フクロンはもう一度張り紙に目を落として言いました。そして、ほんの一瞬、クリストファー・ロビンの背後で何かが起きたのではないかという興味津々な感覚に襲われました。

「で、あんたはどうなすった？」

「なにも」

「それがいちばん」とフクロンは抜け目なく返しました。

「で？」とウサギがもう一度聞きました。フクロンはウサギがそう聞いてくるだろうと予測していましたので、

「その通り！」と答えました。

少しの間、フクロンはそれ以上なにも思いつきませんでしたが、突然、ひらめきました。

「聞かせてくださいな、ウサギさん」とフクロンが言いました。「最初の張り紙に書いてあった正確な言葉はなんでしたかね？　これはたいそう大事なことですぞ。すべてはそこにかかっている。最初の張り紙に書いてあった言葉を正確に聞かせてくれませんかね」

「マジ、それとまったくおんなじだよ」

フクロンはウサギをにらみつけました。ウサギを木から突き落としてやろうかと思いました。が、そんなことはいつでもできる。フクロンは、もう一度、互いになにについて話しているのか整理しようと努力しました。

「書いてあった言葉を、どうかそのまま！」

フクロンは、ウサギから答えをまだ聞かされていないかのような様子で、訊ね直しました。

「それは、『**るすす。すすもどる**』。これと同じだよ。こっちにだけは『**いそがす。すすもどる**』もついてるけどね」

「ああ」

フクロンは大きく安堵の吐息をもらしました。

「これでようやく、我々がどこにいるか、理解できましたな」

「そうだな。でもクリストファー・ロビンはどこにいるんだ？」とウサギが聞きました。「それが問題だ」

フクロンは再び張り紙を見直しました。彼ほどの教養をもってすれば、それを解読するのは簡単なことだったのです。

「るすす。すすもどる。いそがす。すすもどる」

だって張り紙によくある文句なのですからね。

「実にはっきりしていますよ、ウサギさんや。何が起こったかといえば……」とフクロンは言いました。

「クリストファー・ロビンはススモドル君と一緒にどこかへ行ったのでしょう。彼とススモドル君は二人して忙しいんだ。あんたは最近、一匹ぐらい、ススモドルをこの森のあたりで見かけませんでしたかな？」

「知らないよ」とウサギ。「それを聞きにきたんだから。ススモドルって、どんな見た目なの？」

「そうですな」とフクロン。「水玉模様ないし草っぱ模様のススモドルは、つまり……」

「少なくとも」と「実際はどちらかというと……」「もちろん」と言葉を続け、「場合によっては……」「つまり」とさらにつけ加え、「実際」と言い、「どんな感じの動物か、よくわからんがねえ……」と、とうとう率直に答えました。

「ありがとう」とウサギは言いました。そしてウサギは急いでプーの家に向かって走り去りました。

ウサギがさほど遠くまで行かないうちに、ヘンな物音が聞こえてきました。ウサギは立ち止まり、耳を澄ませました。それは、こんな音でした。

プーによるヘンな音

おー　チョウチョがひらひら
冬はもう　へたへた
サクラソウがそろそろ
顔を出そうとして
キジバト　クークー

木々は　スクスクサワサワと
スミレは　アオアオ
みどりのなかで

おー　ミツバチが　わいわい
小さなハネで　ぶーんぶん
さあ夏が　そろそろ
来たらファンファン
牛はほとんど　クークー
キジバト　モオモオ
だからプーも　プープー
太陽さんさんなんだもの

春がホントに　ハルルンルン
ひばりが空高く　ピーチクピー
ツリガネソウが鐘を鳴らすよ

キンコンカン
カッコー　クウクウ　じゃなくてね
カッコーは　カッと鳴いて　コッて言う
そしてプーはただ　プープー
小鳥のように

「こんちは、プー」とウサギ。

「やあ、ウサギ」とプーはポワーンと応えました。

「その歌、君が作ったの?」

「まあ、作ったようなものさ」とプー。「脳みそでこしらえたんじゃないよ」と控えめに、「だって君も知ってるだろうけど、ときどき、あっちから降ってくるのさ」

「ああ……」と、そういうことを一度も経験したことのないかわりに、常にこっちから行ってつかんでくるウサギは応えました。

「で、用件としてはね、君は森の中で水玉模様ないし草っぱ模様のスズモドルを見かけたことないかって話」

「いや」とプー。「一度……も」とプー。「トララはさっき見かけたけど」

「そういうことじゃなくてさ」

「うん」とプー。「そうだろうね」

「コプタンには会ったかい？」

「うん」とプー。「でも、それだって君の役に立たないんだろ？」

プーは遠慮がちに訊ねました。

「まあ、コプタンが何を見たかによるな」

「コプタンは僕を見たよ」とプー。

ウサギはプーの隣に座り込みました。が、そんな格好ではぜんぜん偉そうに見えないということに気づいたので、また立ち上がりました。

「何が問題かというと……」とウサギ。

「クリストファー・ロビンが、ここんとこ、午前中はいったい何をしているかってことなんだよ」

「どんなことを？」とプー。

「つまりさ、クリストファー・ロビンが午前中にやってることを知ってるなら、教えてくれよ、この数日間のことだけどさ」

「知ってるよ」とプー。「昨日、一緒に朝ご飯を食べた。松林のそばでね。僕は小さなバスケットに、ほんの小さな、そこそこサイズの、っていうか、普通でいえば大きめのヤツに、食べ物をいっぱい詰め込んで……」

「わかったわかった」とウサギ。「俺が言ってるのは、そのあとの時間のことだ。十一時から十二時の間でクリストファー・ロビンを見かけなかったかって話」

「うーん」とプー。「十一時……十一時……、そうだなあ、十一時って、その頃は僕、いつもウチに帰ってるよ。だって一つ二つ、やんなきゃいけないことがあるからね」

「十一時十五分なら、どうだ？」

「うーん」とプー。

「十一時半？」

「そうだな」とプー。「十一時半か、もう少しあとなら、見かけるかもしれない」

それからプーは改めて考えてみたところ、どうも最近そんなにはクリストファー・ロビンに会っていないことを、だんだん思い出してきました。午前中には会っていない。午後は、会ってる。夜も、会ってる。朝ご飯前は、会ってる。朝ご飯あとにも、会ってる会ってる。それから、たぶん、「またね、プー」とか言って彼は行ってしまう。

「それだ！」とウサギ。「どこへ？」

「たぶん、何か探しに行くんじゃないかな」

「何を？」とウサギ。

「それを今、言おうと思ってたんだけど」とプー。そしてプーはつけ加えました。

「たぶん、あれを探しに……」

「水玉模様ないし草っぱ模様のススモドル？」

「そうそう」とプー。「そんなようなもん……、それじゃなかったとしても、そんなような……」

ウサギはプーのことを厳しい目つきで見つめました。

「お前、ちっとも役に立たねえ」

「おっしゃるとおり」とプー。「でも、役に立とうと努力はしたよ」プーは控えめに主張しました。

ウサギはプーに「はいはい、ありがとう」と礼を言い、これからイーヨーに会いに行こうと思うけれど、来たかったら一緒に来るかとプーを誘いました。でもプーは、ちょうど頭に新しい歌の節が浮かんできたところでもあったので、僕はコプタンが来るのを待ってると言い、ウサギに別れを告げました。

こうしてウサギは行ってしまいました。

しかし、予想外なことに、プーより先にコプタンに会ったのは、ウサギのほうだったのです。

コプタンはその朝、自分のためにスミレの花を一束、摘もうと思って、いつもより早く起きていました。コプタンがスミレを、家の真ん中に置いてある壺に差そうと思った瞬間、突然、思い浮かんだのです。そういえばロバのイーヨーのためにスミレの花束を摘んであげようとした者なんて、今まで誰もいなかった。そのことを考えれば考えるほど、イーヨーのためにスミレを摘もうとした動物が一匹もいないなんて、なんと悲しいことだろうかと思われてきました。そこでコプタンは急いで家を飛び出して、自分に向かって言ってみました。

「イーヨー、スミレだよ」

それから忘れないために、

「スミレ、イーヨー」

と繰り返しました。まあ、そういう日だったのです。それからコプタンは大きなスミレの花束を抱えて、とっとこ歩き出しました。ときどきスミレの香りを嗅いだり、とても幸せな気分を感じたりしながら歩いていくと、イーヨーの住む場所にたどり着きました。

「ああ、イーヨー」

コプタンは多少、緊張ぎみに話しかけました。なぜならイーヨーが忙しそうにしていたからです。イーヨーは前足をあげて、コプタンを追い払う素振りを見せました。

「明日」とイーヨーが言いました。「あるいは、その次の日だな」

コプタンはイーヨーが何をしているのか確かめようと、もう少し近くまで寄っていきました。イーヨーの目の前には三本の棒きれが置かれていて、イーヨーはそれをじっと見つめていたのです。棒きれのうちの二本は、片方の端で重なり、もう一方の端は離れていました。でもって三本目の棒きれが二本の上にのっかっていました。コプタンはもしかして、それは何かの罠ではないかと勘ぐりました。

「あのぉ、イーヨー」コプタンはもう一度、話しかけました。「僕、実は……」

「そこにおるのはコプタンか？」とイーヨーが相変わらず棒きれをじっと見つめながら聞きました。

「そうです、イーヨー。僕ね……」

「これがなんだか、知ってるか？」

「いいえ」とコプタン。

「これはAだ」

「おお……」とコプタン。

「Oじゃない、Aだ」

イーヨーは厳しい口調で言いました。「聞こえとるのか？　それともアンタはクリストファー・ロビンより教養が高いとでも思ってるのか？」

「はい」とコプタンは答えて、急いで「いいえ」と答えました。それからコプタンはさらにイーヨーのそばに近寄りました。

「クリストファー・ロビンがこれはAだと言っておった。誰かが踏みつぶさないかぎり、これはAじゃ」

イーヨーは断固とした調子でつけ加えました。

コプタンは猛スピードで飛び退くと、スミレの花束の香りを嗅ぎました。

「Aの意味がなんであるか、小さなコプタンは知っておるか？」

「いいえ、イーヨー。知りません」

「その意味は、学習、教育。アンタやプーが持っていないもののこと。これぞ、Aの意味じゃ」

「おおー」とコプタンがもう一度声をあげて、慌てて、「じゃなくて。そうか、そういう意味だったんですね」と弁解ぎみに言いました。

「言っておくが。この森に来たり去ったりしていく者はたいていこう言う。『ただのイーヨーだ。話にならん』彼らはあちこち歩き回りながらケラケラ笑いやがる。じゃが、あいつらがAについて何を知っておる？　何も知りやせん。あいつらにとって、これは単なる棒きれにすぎん。しかし教育を受けた者ならば、ここが肝心なところだぞ、小さなコプタンや。教育を受けた者にとっては……といって、コプタンやプーのことではないが、これは偉大なる輝かしきAなのであり……」とイーヨーはさらに続けて、

「何ぴとも、これを汚したり、非難できるものではない！」

コプタンはびくびくしながらさらに一歩退くと、誰か助けてくれないかとまわりを見回しました。

「あ、ウサギが来た」

コプタンは嬉しそうに言いました。

「やあ、ウサギ！」

ウサギはもったいぶった様子で近づくと、コプタンに向かって頷きました。それ

から、

「やあ、イーヨー」

二分ぐらいでいとまを告げるような素っ気ない声で、そう言いました。

「聞きたいことが一つだけあるんですよ、イーヨー。最近、午前中のクリストファー・ロビンに何があったか知ってます？」

「わしが何を見てるか、わかるか？」

イーヨーは相変わらず棒きれを見つめながら言いました。

「棒きれ三本」

ウサギは即座に答えました。

「ほらな」とイーヨーはコプタンに語りかけました。イーヨーはウサギのほうを振り返ると、「アンタの質問に答えてやろう」と重々しく言いました。

「ありがとう」とウサギ。

「クリストファー・ロビンが午前中、何をしているかだって？　彼は学んでいるんだ。彼は教養を得るんじゃ。彼は知識をキュウチュウ……たしかクリストファー・ロビンはこういう言葉を使っていたと思うが、そうでなかったかもしれん、とにかく彼は知識をキュウチュウしている。わしがもし言葉を正しく使えたなら、わしも

5　ウサギは一日じゅう忙しい。そしてクリストファー・ロビンが……

また、わしなりの方法で、彼と同じことをしているんじゃ。つまり、たとえばこれは……」

「Aってこと?」とウサギ。「でもこれ、いいAじゃないね。とにかく俺、みんなに知らせてこなきゃ」

イーヨーは三本の棒きれを見つめ、それからコプタンを振り返りました。

「これをなんだとウサギは言っておった?」

イーヨーが訊ねました。

「Aだって」とコプタンが答えました。

「アンタがウサギに教えたのか?」

「違いますよ、イーヨー。教えてません。ウサギは知ってたんだと思うけど」

「ウサギが知ってただと? Aなどというものを、あのウサギごときが知っていたと言いたいのか?」

「そうです、イーヨー。賢いですから、ウサギは」

「賢い?」とイーヨーは小馬鹿にしたように言うと、三本の棒きれの上に自分の足をドサッと置きました。

「教育!」とイーヨーは、苦々しく言い捨てて、折れて六本になった棒きれをさらに踏みつぶしました。

「学習とはなんじゃ？」とイーヨーは、十二本の木っ端に成り果てた棒きれを空中に蹴飛ばしながら、問いました。

「Aをウサギごときが知っているとは、フン！」

「僕、思うんですけど」とコプタンがびくびくしながら言葉を狭みました。

「黙れ！」とイーヨーが言い返しました。

「僕、スミレの花は、けっこうステキだと思うんですけど」とコプタン。それからコプタンはイーヨーの前にスミレの花束を置くと、一目散に逃げ帰りました。


次の朝、クリストファー・ロビンの玄関の前にはこんな張り紙が。

がいしゅつちゅう
すぐもどる。
ク・ロ

クリストファー・ロビンはまたひとつ、知識をキュウチュウしたようです。というわけで、森のすべての動物たちは、もちろん水玉模様ないし草っぱ模様のススモドルを除いての話ですが、クリストファー・ロビンが午前中、何をしているか、理解したのでした。

6　プーは新しいゲームを発明し、イーヨーが参加する。

森を流れるせせらぎは、しだいに成長し、それが森の端まで到達する頃には、ほとんど川と呼んでもいいほどの大きさになっておりました。もう大人なので、若かったときのように走ったり跳びはねたり水しぶきを上げたりすることはなくなって、どっしりゆっくり流れておりました。今やどこへ流れるかを知っている川は、自分自身に言い聞かせました。

「慌てることはない。いつかは着く」

しかし、森のもっと高い場所を流れるすべての小さなせせらぎは、選ぶべき道がたくさんありすぎて、遅れてはなるまいと、あっちやこっちや、せかせか必死になって流れていました。

一本の山道が外の土地から森に通じておりました。それはほとんど街道と同じほどの道幅でした。しかしその道が森へ到達するには、この川を渡らなければなりません。そのため、道が川を横切るところには、木の橋がかかっていました。その橋もまた街道と同じほどの幅で、両側には三段の手すりがついていました。

いちばん上の手すりは、クリストファー・ロビンが顎をのせようと思えば届く高さでした。でも彼は、いちばん下の手すりに足をかけて身を乗り出し、下をゆっくり滑るように流れ去っていく川の動きを見つめているほうがよほど楽しかったのです。

いっぽうウィニー・ザ・プーは、いちばん下の手すりに顎をのせようと思えばのせることができました。でもプーはそれよりも、腹ばいになって、手すりの下に頭を突っ込んで、下を滑るようにゆっくり流れ去る川の動きを見るほうが好きだったのです。コブタのコプタンとカンガルーのルーには、その方法以外に川を見る手立てはありませんでした。なぜなら彼らは小さすぎたのです。いちばん下の手すりにも届かなかったため、川を眺めたいと思えば、腹ばいになり、手すりの下に頭を突っ込むしかありませんでした。そして川は滑るようにたいそうゆっくりと、下流に向かって、まったく急ぐ様子もなく流れていきました。

ある日、プーがその橋に向かって歩いているとき、モミぼっくりについて詩を作ろうと思い立ちました。なぜなら、そこらへんにモミぼっくりがいっぱい転がっていたからです。右にも左にもいっぱい。そこでプーは歌いたい気分になりました。

プーはモミぼっくりを一つ拾い上げ、じっと見つめ、それから独り言を言いました。

「これはとても上等なモミぼっくりだ。これを詩にしなきゃバチがあたる」

でも何も思いつきませんでした。それからしばしのち、次の歌が突然、頭に浮かんできました。

これはとっても不思議な木
小さなモミの木
フクロン言うんだ　あたしの木です
カンガも言うんだ　私の木よ

「駄作！」とプーは言い捨てました。

「だってカンガは木の上に住んでいないもの」

いつのまにか橋にたどり着いておりました。でもプーは前を見ていなかったので、何かにつまずいて、その拍子に前足で握っていたモミぼっくりが飛び出して、コロコロ川へ転がり落ちていきました。

「なんてこった！」

とプーは言いました。モミぼっくりは橋の下をゆっくりとぷかぷか流れていきます。そこでプーは、歌になりそうなモミぼっくりをもう一つ拾いにいこうと、来た道を戻りかけました。でも、すぐに考え直しました。その日があまりにも穏やかだったので、モミぼっくりを拾うのを止めて川を見つめていようと思ったのです。プーは橋の上に腹ばいになり、下を滑るようにゆっくり流れる川を眺めました。と、突然、そこへプーが落としたモミぼっくりが流れてきました。

「おかしいぞ」とプーは言いました。

「僕のモミぼっくりは橋の反対側から落ちたはずなのに」とプー。「それなのに、こっち側から出てくるなんて、変！　もういっぺん同じことが起きるのかしら」

こうしてプーは来た道を戻ってモミぼっくりをもう少し拾ってきました。

同じことは二度、起きました。何度やっても同じです。プーはモミぼっくりを同時に二つ、落としてみました。それから急いで橋の反対側へ走り、橋から身を乗り出して、二つのうちのどちらが先に出てくるか待ち受けました。その結果、二つのうちの一つが姿を現しました。しかし、二つはほとんど同じ大きさでした。プーは先に出たほうが、自分が応援していたほうのモミぼっくりか、あるいはそうでないほうのモミぼっくりなのか、区別がつきませんでした。

そこで次にプーは大きなモミぼっくりと小さなモミぼっくりを川に投げ落としてみました。すると大きいほうのモミぼっくりが先に姿を現しました。プーが予想した通りになりました。小さいほうのモミぼっくりはあとから出てきたのです。これもプーが予想した通りでした。プーは二度、勝ったことになります。こうして自分の家へお茶を飲みに帰るまでに、三十六勝二十八敗という結果になりました。ということは、えーと、二十八ひく三十六、ちがうちがう、そうじゃなくて、三十六ひく二十八で勝ち越したってことですね。

これが、「プーの棒きょうそう」と、以後呼ばれるようになったゲームの始まりです。プーが発明し、プーとその仲間は、森のはずれでしょっちゅうそのゲームをして遊んだものです。でも、彼らはモミぼっくりのかわりに棒きれを使ってそのゲームをやりました。モミぼっくりより棒きれのほうが区別しやすかったからです。

さてある日、プーとコブタのコプタンとウサギとカンガルーのルーは、みんなで一緒に「プーの棒きょうそう」遊びをしていました。彼らは、ウサギが「行け！」と言ったら、それぞれ自分の棒きれを川に投げ、それから急いで橋の反対側へ走り、全員が橋から身を乗り出して、誰の棒きれがいちばん先に出てくるか待ち受けました。ところが、ちっとも出てきません。その日は川がたいそう怠けていたからです。下流に流れていこうなんて気持はこれっぽっちもないように思われました。

「僕の棒が出てきた！」とルーが叫びました。

「ちがった！　僕の棒じゃないや。コプタンの棒は？　出てきた？　僕のが出てきたと思ったのに、ちがったんだ。あ、出てきた！　いや、ちがう。プーの棒、出てきた？」

「まだ」とプー。

「僕の棒、ひっかかっちゃったんだな」とルー。「ねえ、ウサギ。僕の棒、ひっかかっちゃったみたい。コプタンの棒、ひっかかってる？」

「お前が考えているより、時間がかかるんだよ」とウサギ。

「どれくらいかかると考えるの？」とルーが聞き返すと、

「コプタンの棒が出てきたよ」とプーが突然、叫びました。

「僕のは灰色っぽいヤツだよ」とコプタンが、落ちない程度に恐る恐る身を乗り出

して、

「ホントだ、見える見える。僕の棒が出てきた」

ウサギは今までいちばん大きく身を乗り出して自分の棒きれを探しました。いっぽうルーはからだをくねらせながら、

「出てこい、棒、棒、棒、棒！」

そしてコプタンは一人たいそう興奮していました。だってその段階で、見えているのはコプタンの棒だけであり、だとしたら、コプタンの勝利ということになるからです。

「来たぞ！」とプーが言いました。

「あれ、僕の棒だよね？」とコプタンは興奮気味に叫びました。

「そうさ。だってあれ、灰色だもん。大きな灰色の棒だもん。来た来た！　とっても、大きな、灰色の……、いや、なんてこった、あれは、イーヨーだよ」

そしてイーヨーがぷかぷかと流れてきました。

「イーヨー！」と全員が叫びました。

静々と、重々しく、足を四本とも上に向けた格好で、イーヨーが橋の下から現れたのです。

「イーヨーだ！」とルーが、異常に興奮して叫びました。

「そうかい？」と、小さな渦巻きに巻き込まれ、ゆっくりと三回回転しながらイーヨーが応えました。

「わしはまた、なんだろうかと思っておった」

「あなたも遊んでるなんて、僕知らなかった」とルーが言いました。

「遊んでなんか、おらん」とイーヨー。

「イーヨー、じゃ、そんなとこで何やってるんですか？」とウサギが聞くと、

「三回で当ててみなさい、ウサギ。地面に穴を掘っているんですか？　ブー。若い樫の木の枝から枝へ飛び移っているんですか？　ブー。誰かが川からすくい上げてくれるのを待っているんですか？　ピンポーン。ウサギは時間さえ与えれば、必ず正解するヤツじゃ」

「でも、イーヨー」とプーは心配そうに聞きました。

「僕たち、何ができる？……、っていうか、どうやって？……、っていうか、もしそうしたらイーヨーとしては……？」

「その通り」とイーヨー。「今、言った三つのうちの一つが正解じゃ。ありがとう、プー」

「イーヨーったら、ぐるぐる回ってる」とルーがすっかり感心した様子で言いました。

「回って何が悪い」とイーヨーが冷たく言い返しました。

「僕も泳げるんだよ」とルーが得意げに言うと、

「ぐるぐるはできんだろうが」とイーヨー。「ぐるぐるはもっと難しいんじゃ。今日はまったくもって泳ぎたい気分ではなかったんじゃが」

　イーヨーはゆっくり回りながら続けました。

「しかし、いったん水に入ってしまったからには、ほんのちょっとした回転運動を、右から左へ……」と、イーヨーは別の渦巻きに巻き込まれながら、さらに言葉を継いで、「あるいは、今、ちょうどそうなっているように、左から右へと、練習する決心をしたとしても、誰にも文句は言われまい」

　ここで全員が考え込んだため、しばしの沈黙が生じました。とうとうプーが切り出しました。

「僕、思いついた。すごくいいアイディアとは思わないけど」

「わしもすごくいいとは思わんが」とイーヨー。

「いいから、言ってみろよ」とウサギ。「とりあえず聞いてみようじゃないか」

「えーと、もし僕たちがイーヨーのからだの横に目がけて石かなんか放り込むとする。そしたら波が立って、その波がイーヨーのからだを反対側の岸へ運んでくれるんじゃないかな、なんて……」

「それ、すごくいいアイディアだ！」とウサギが言ったので、プーはまた元気が出てきました。

「けっこうな考えじゃ」とイーヨーが言いました。「わしが運んでもらいたくなったら、その案を採用しようじゃないか」

「もしイーヨーに石をぶつけちゃったらどうしよう？」とコプタンが心配そうに聞きました。

「もしイーヨーに当て損なったらどうしようと思ってるんじゃろ？」とイーヨーが続けました。「あらゆる可能性を考えておきなさい、コプタンや。ぞんぶんに楽しもうと思うならな」

でも、もはやそのときには、プーは自分で持つことのできる中でいちばん重い石を見つけていて、両前足でその石を抱え、橋から身を乗り出しました。

「僕、投げないから。落とすだけだからね、イーヨー」とプーは断りました。「そうすれば、はずしっこない……っていうか、あなたにぶつけたりするはずないって意味。できればちょっとの間だけ、ぐるぐる動かないでいてくれますか。じゃないと、こっちの頭がぐるぐるしちゃいそう」

「いや」とイーヨーが否定しました。「わしゃ、ぐるぐるが好きなんじゃ」

ウサギは、いよいよ自分が指揮を執るべきときがきたと感じました。

「いいか、プー」とウサギ。「俺が、『今だ!』と言ったら、石を落とせ。でもってイーヨー、俺が『今だ!』と言ったら、プーが石を落としますよ」

「ご親切にありがとう、ウサギ。しかしアンタに言われなくたって、それくらいわかるさ」

「プー、用意はいいか? コプタン、プーのためにちょっとそこ、どいてやれよ。ルー、少し下がれ。みんな、準備はいいな?」

「よくない」とイーヨーが答えました。

「今だ!」とウサギが叫びました。

プーは石を投げ落としました。たちまち大きな水しぶきが上がりました。そしてイーヨーの姿が見えなくなりました。

橋の上から見ていた見物人たちにとって、それはしばしの不安なひとときとなりました。彼らはじっと川のほうを見つめ、さらに見つめ、そのうちウサギの棒きれよりコプタンの棒きれがちょっとだけ早く流れて出てきたときでさえ、誰も期待したほど盛り上がりませんでした。そして、プーが、このアイディアを実践するにはもしかして選んだ石がいけなかったのか、あるいは川がいけなかったのか、それとも実践する日を間違えたのかと、あれこれ考え始めた、ちょうどそのとき、灰色の何かが川岸にちょこっと現れ、そしてじわじわと、大きくなり……、ついにイーヨーが姿を現したのです。

プーたちは歓声を上げながら橋から駆け下りて、イーヨーのからだを押したり引いたりしました。まもなくイーヨーはみんなに囲まれて、乾いた土の上に再び立つことができました。

「イーヨーったら、びしょびしょじゃない」とコプタンがイーヨーのからだを触りながら言いました。

イーヨーはブルブルッとからだを震わせてから、長い時間、川の中にいるとどういうことが起きるのか、誰かコプタンに説明してやってくれないかと頼みました。

「よくやった、プー」とウサギが優しく言いました。「俺たち、よくやった。たいしたアイディアだったよ」

「何がたいしたアイディアじゃ?」とイーヨー。

「こんな方法で川の岸辺にシュシュッと打ち寄せるなんてさ」

「わしをシュシュッと打ち寄せた？」とイーヨーが驚いた様子で聞き返しました。

「わしをシュシュッと打ち寄せたじゃと？　まさかわしがシュシュッと打ち寄せられたと思ってるわけじゃないだろうな。わしは水に潜ったんじゃ。プーが巨大な石をわしに投げつけてきたから、胸の上にどーんとぶつかってきたらえらいことだと思って、わしのほうから水に潜って岸まで泳いだんじゃ」

「君は実際、ぶつけなかったのにねえ」とコプタンがプーをなぐさめようと思ってヒソヒソ声で語りかけました。

「ぶつけなかったと、思うけど……」とプーは不安そうに答えました。

「イーヨーらしいよ」とコプタン。「君のアイディアは素晴らしかったと、僕は思うよ」

　プーは少しだけ、いい気分になりました。なぜなら、脳みそのちっちゃなクマがたまたま何かを思いついたとき、それがたまに深い思いつきであると本人の中で確信があったとしても、ときにその思いつきが形になってみれば、まったく違う趣を持つものとして他のひとたちの目に映ることもあるのです。

　いずれにしても、イーヨーはさっきまで川の中にいた。でも今は、川の外にいる。

だからプーは、何も悪いことをしていないのです。

「どうやって川の中に落ちたんですか、イーヨー」とウサギは、コプタンのハンカチでイーヨーを拭きながら聞きました。

「川に落ちたわけじゃない」とイーヨーが答えました。

「でも、じゃ、なんで？」

「わしは撥ね飛ばされたんじゃ」

「ええー？」とルーが興奮して聞きました。「誰かが押したの？」

「誰かがわしを撥ね飛ばしたんじゃ。わしはただ、川のほとりで考えごとをしておった。考えごとの意味を理解できるかどうかは知らんが、とにかく考えごとをしておったとき、突然、激しく突き飛ばされた」

「そうだったんだ、イーヨー」と全員が言いました。

「本当に、自分で滑り落ちたんじゃなくて？」とウサギが鋭いところを突きました。

「もちろん、わしは滑り落ちたさ。川の土手の滑りやすいとこに立っておって、うしろから派手に突き飛ばされたら、誰だって滑り落ちるだろうが。わしが何をしたと言いたいんじゃ？」

「でも、誰がそんなことしたの？」とルーが聞きました。

イーヨーは答えませんでした。

「僕は、トララだと思うな」とコプタンがおどおどした様子で言いました。

「でも、イーヨー」とプー。「それ、冗談だったんじゃないの？　それとも何かの拍子だったとか。つまり……」

「そんな謎を解くために立ち止まれるか、プー。川の底に沈みきったときでさえ、これは愉快な冗談か、あるいは単なるモノの弾みかなんて考えもしなかった。ただ、川面に浮かんできてから、自分に言っただけだ。『ずぶ濡れじゃ』わしの言っている意味がわかるか？」

「で、トララはどこにいたんだ？」とウサギが問いかけました。

イーヨーがそれに答える前に、彼らのうしろで大きな物音がしました。そして茂みの隙間から、トララそのものが現れたのです。

「お元気っすか、みなさん！」とトララが愛想良く挨拶をしました。

「やあ、トララ」とルー。

ウサギが突然、偉そうな態度を取って、重々しく「トララ」と語りかけました。

「いったい、何をやらかしたんだ？」

「いつの話だよ？」とトララが少しムッとした様子で聞き返しました。

「お前がイーヨーを川に突き落としたときだよ」

「おいら、突き落としてなんかいないっすよ」

「突き落とした」とイーヨーがぶっきらぼうに言い放ちました。

「ホントに突き落としてないってば。咳をしたんだよ。そしたらたまたまイーヨーがおいらの前にいてさ。そいでおいらは、ギョホーッホッホーンって……」

「なんでだよ」と、ウサギがコプタンを立ち上がらせて、ホコリを払いながら、

「大丈夫だよ、コプタン」

「度肝抜かれちゃったの」とコプタンがびくびくしながら言いました。

「それじゃよ、わしが突き飛ばされたと言っておるのは」とイーヨー。「度肝を抜く。こよなく不愉快な習性じゃ。わしは別に、トララが森に住むことをとやかく言っておるわけじゃない」

イーヨーは続けました。

「ここは大きな森だ。いくらでも暴れ回る場所はある。しかし、なんの因果でわしの住むほんのちっぽけな片隅にやってきて、暴れ回らにゃならんのか、その理由が理解できん。わしのちっぽけなすみかは、決してすんばらしいものがありそうな場所じゃない。もちろん、肌寒くてじめじめしてみすぼらしい場所が好みというヤツ

らにとっては特別な土地と言えなくもないが、そうじゃなけりゃ、単なる片隅にすぎん。たとえ誰かが突き飛ばしたい気分になったとしてもだ……」

「おいら、別に突き飛ばしてないすよ、咳しただけっす」とトララが不服そうに言いました。

「突き飛ばそうが、咳をしようが、川の底に落ちた身には同じことと」

「さて」とウサギが口を挟みました。「俺が言えるとすれば、そうだな、おっ、ちょうどクリストファー・ロビンが来たぜ。彼が説明してくれるだろう」

クリストファー・ロビンは森を抜けて橋のところまでやってきました。ポカポカした日差しを感じ、のどかな気分です。こんな楽しい午後のひとときに、十九かける二なんて、どうだっていいさという気分。ひとたび橋の一番下の手すりに足をかけ、身を乗り出し、下をゆっくり滑るように流れていく川を眺めれば、知るべきすべてのことが突然、理解できるだろう。そしてそれらのうちの少しだけしかわかっていないプーに教えてあげることができるだろうと、クリストファー・ロビンは考えていました。

ところが、実際に橋の上に着いてみると、すべての動物たちがそこにいるではありませんか。クリストファー・ロビンはそこで、これは、考えていたような種類の午後なんかじゃないことを悟ったのです。そういう種類ではなくて、何かをしたくなるような午後だったと気づいたのです。

「ごらんの有り様です、クリストファー・ロビン」とウサギが切り出しました。

「トララがですね……」

「ちがうよ、おいら、してないってば」とトララ。

「まあ、いずれにしても、わしはあそこにいた」とイーヨー。

「でも、トララはわざとやったんじゃないと思うけど」とプー。

「トララはちょっと暴れん坊なだけなんだ」とコプタン。「どうしようもなかったんだよ」

「ねえ、トララ。僕を突き落としてみてよ」とルーがしきりに言いつのりました。

「ねえ、イーヨー。トララは僕を突き落としてくれるって。コプタン、どう思う?」

「はいはい」とウサギがなだめました。「みんないっぺんに話しちゃダメ。問題はだ、クリストファー・ロビンがこの件について、どう思うかだ」

「おいらは咳しただけ」とトララが言いました。

「アイツはわしを突き飛ばした」とイーヨー。

「ま、ちょっとは咳飛ばしたかもしれないけどさ」とトララ。

「静かに！」とウサギが前足を掲げて叫びました。「クリストファー・ロビンがこの問題について、どう思うか？　それがキモだ！」

「そうだな」とクリストファー・ロビンは、何がなんだか、よく理解できないままに答えました。

「僕が思うには……」

「思うには？」と全員が聞き返します。

「僕は……、みんなで『プーの棒きょうそう』をするべきだと思う」

　こうしてみんなはクリストファー・ロビンの言う通りにしました。その結果、一度もその遊びをしたことのなかったイーヨーは誰よりも多く勝ち抜きました。ルーは二回、川に落ちました。最初はうっかり。でも、二回目はわざと。なぜなら、森から母親のカンガが近づいてくるのを見つけちゃったからです。あー、もう帰って寝なきゃいけないんだとルーは悟りました。そこでウサギは、自分もそろそろカンガ親子と一緒に帰ると言い出しました。続いてトララとイーヨーが一緒にその場を去りました。イーヨーはトララに、「プーの棒きょうそう」の勝利法を伝授してやりたくなったのです。もしアンタがわしの言っている意味がわかるなら、つまりちょっとこう、キュッとひねりをきかせて棒を落とすといいかもしれん、な、トララ。

そしてクリストファー・ロビンとプーとコプタンが橋の上に残りました。

長い時間、三人は黙ったまま、川の流れをじっと見つめておりました。川も黙ったままでした。なぜならば、川はたいそう静かに穏やかに、この夏の午後を感じ取っていたからです。

「トララのことはもう、心配ないよね、本当に」とコプタンがポワンとした声で言いました。

「もちろんさ」とクリストファー・ロビンが答えました。

「僕たちみんな、ホントに……、僕、そう思うけど」とプー。「でも、もしかして僕の言ってること、合ってるかどうか……」とプーが言いよどむと、

「もちろん、合ってるよ」

クリストファー・ロビンが言いました。

7　トララが暴れん坊性分をなおす。

ある日、ウサギとコブタのコプタンが、プーの家の玄関前に座り、その隣にはプーも座っていたのですが、ひたすらウサギが喋っておりました。それは眠気を誘う夏の午後のこと。森全体が優しい音に包まれておりました。そのすべての音が「ウサギの話なんか聞かないで、私の声をお聞きなさい」とプーに囁きかけているかのようです。

プーはウサギの声が耳に入らないような心地よい体勢をとり、ときどき目を見開いて「ああ！」と言ってみたり、ふたたび目を閉じて「なるほど」と言ってみたりしました。突然ウサギが「俺の言ってる意味、わかるだろ、コプタン」とたいそう熱意を込めて語りかけるので、コプタンはちゃんと理解していることを示すため、熱意を込めて頷いてみせました。

「実際のところ」

ようやく話の終わりに近づいた頃、ウサギが言い出したのです。

「最近、トララがどんどん暴れん坊になってきたから、そろそろ教え込まなきゃいけないと思うんだ。そう思わないか、コプタン？」

コプタンは、トララは本当に暴れん坊で困るね、もしおとなしくさせる方法を思いついたら、それはとても素晴らしいことだよと答えました。

「そのことだ、俺が思ってたのは」とウサギが言い、

「プーはどうなんだ？」

プーは驚いたように両目を見開いて、

「まさしく！」

「まさしく、何だ？」とウサギが聞きました。

「君の言ってたこと」とプー。「疑う余地なし！」

コプタンは「頑張れ！」とプーを突きました。ところがプーときたら、ますます心がどこか遠くへいってしまうものですから、ゆっくり立ち上がり、自分自身を探

し始めました。

「でも、どうやって?」とコプタンが訊ねます。「どんな教育をすればいいの、ウサギ?」

「それが問題だ」とウサギが言いました。

「教育」という言葉を耳にして、プーは以前にどこかで聞いたことがあると思いました。

「それって、ニニンガゴのことでしょ」とプーが言いました。「クリストファー・ロビンが一度、僕に教えてくれようとしたけど、でもダメだったんだ」

「何がダメだったんだよ」とウサギ。

「何をダメだったの?」とコプタン。

プーは頭を振りました。

「わかんない」と言い、「ただ、ダメだったんだ。何の話、してたんだっけ?」

「プー」とコプタンが咎めるように声をかけ、「ウサギが言ってたこと、聞いてなかったの?」

「聞いてたよ。でもさ、耳の中に小さな毛ぼこりが入っちゃったみたいなんだ。ウサギ、悪いけどもう一度、言ってくれない?」

ウサギはもう一度言うことに、べつだん抵抗はありませんでした。ただ、どこから言い直せばいいのかを訊ねたのです。それに対してプーは、自分の耳に毛ぼこりが入ったところから言い直してほしいと答えたので、ウサギは、それはいつなんだと聞くと、プーは、しっかり話を聞いていなかったのでよくわからないと答えました。そこでコプタンが、

「つまりね、僕たちが何をしようとしているかと言えば、トララの暴れっぷりをなんとか抑える方法が見つかるといいねって話なんだよ。だって、どんなにトララのことが好きでも、トララが暴れん坊であることは、誰も否定できないでしょ」と言って話をまとめました。

「なるほどね」とプーが言いました。

「あいつ、やりすぎなんだよ」とウサギが言い、「つまり、そういうこと!」

プーは考えてみることにしました。でもプーが思いついたのは、何の役にも立たないことだけでした。そこでプーは、自分だけに聞こえるような小さな声で、たいそう静かに歌ってみました。

もしウサギが

もっと大きくて
もっと太ってて
もっと強くて
それともトララより大きかったら
そしてもしトララがもっと小さかったら
ウサギに飛びかかる悪いクセなんて
なんの問題にもなりゃしない
もしウサギがもっと
大きかったらね

「なに言ってんだ、プーは?」とウサギが聞きました。「なんか役に立つ話?」

「いや」とプーが悲しそうに答えました。「なにも」

「さて、俺にいい考えがある」とウサギ。「つまりこういうこと。トララを遠くまで探検に連れ出すんだ。トララが行ったことのないところへね。でもってトララをそこに置いてくる。そいで、次の日の朝、俺たちがトララを見つけてやるんだ。そうすれば、ここんとこよく聞いておけよ、トララはまったくもって違うトララになってるってわけさ」

「なんで?」とプーが聞きました。

「なんでって、トララはおとなしいトララになってるだろうからさ。トララは悲しくて切なくて、ちっぽけなみすぼらしいトララになってるんだよ。ああ、ウサギさん、あなたに会えて嬉しいですってなトララになってるのさ。そういうわけさ」

「トララは僕とコプタンにも会えて嬉しいって思うかしら」

「もちろん」

「それはいいね」とプー。

「僕は、トララをずっと悲しませるのはよくないと思うけど」

コプタンが疑わしげに言いました。

「トララ族ってのは、ずっと悲しむようにはできてないよ」とウサギが説明しました。「あいつら、驚異的な速さで乗り越えちゃうから。ま、念のため、フクロウのフクロンに聞いたんだけど、あいつらはそういう種族だって言ってたよ。だけどもし俺たちがトララに五分間だけでも、俺はちっぽけで悲しいと思わせることができたら、それだけで上出来だろ?」

「クリストファー・ロビンはそう思うかな?」とコプタンが聞きました。

「当然さ」とウサギが答えました。

「きっと、『よくやった、コプタン。たまたま僕は他のことをやってたからできなかったけど、そうじゃなきゃ、僕自身がやってたことさ。ありがとう、コプタン』って言うに決まってるさ。もちろん、プーにも、ありがとうって言うよ」

コプタンはそれを聞いてすっかり嬉しくなりました。そしてたちまちにして合点したのです。これからトララにしようとしていることはいい行いであって、しかもプーとウサギが一緒にやる。だからそれを実行するのは、コプタンのようなたいそう小さな動物にとっても、朝、起きたとき、ああ、いい気分って思えるようなことなんだと。一つだけ問題があるとすれば、トララをどこに置き去りにするかということだけでした。

「トララを北極《ノース・ポール》へ連れて行こうと思うんだが」とウサギ。「だって北極を探すにはとんでもなく長い冒険だったんだから、見失うにしてもトララにとっては同じく長い冒険になるだろうからな」

今度はプーが気持よくなる番です。なぜなら北極を最初に見つけ出したのはプーだったからです。北極にたどり着いたとき、トララはきっとあの立て札を見つけることでしょう。そこには、

「プーにより発見さる。プーが見つけた」

そしてトララは理解するんだ。おそらくトララは知らなかっただろうけれど、プーがそれほどのクマだということを。実際、それほどのクマなんだ。

こうしてその計画は、翌日の朝、実行されることが決まりました。そこでまず、カンガルー母子のカンガとルーとトラのトララの近所に住んでいるウサギがただちに自宅へ戻り、トララに明日の予定を聞いてみる。なぜなら、もしトララに何の予定もなかったら、「冒険に出かけるってのはどうだろう、プーとコプタンも誘ってみようと思うんだけど」と言う。それに対してトララが「いいね」と言えば万事快調。でも、もしトララが「行かない」と言ったら……。

「行かないなんて言わないさ」とウサギ。「俺にまかせとけ」

こうしてウサギはせかせかと去っていきました。

翌日はまったくもってちがう日になりました。昨日まで暖かくていいお天気だったのに、打って変わって霧深い寒い日です。プーにとっては何でもないことですが、こんな日になると大切なハチミツをミツバチは作ることができなくなる。そうと気づくや、寒くて霧深い日のたびに、プーはミツバチがとても可哀想になるのでした。コプタンがプーを呼びにきたとき、プーはそのことを話しました。コプタンは、ミツバチのことはさほど考えてなかったけれど、それよりこんな日に森の奥で朝から夜まで迷子になったら、どんなに寒くて惨めだろうかと言いました。

でも、コプタンとプーがウサギの家に着いたとき、ウサギがこう言ったのです。

こりゃ打ってつけの日だな。だってトララはいつだって誰よりも先を跳びはねて進むんだし、トララが見えなくなったらすぐ、俺たちは急いでトララと違う方向へ消えちまえばいい。そうすれば、トララは二度と俺たちを見つけられなくなるさと。

「二度とじゃないでしょ？」とコプタン。

「まあ、もう一度トララを見つけてやるまでって意味だよ、コプタン。明日か、いつでもいいさ。さあ、行くぞ。トララが待ってる」

三人がカンガの家に到着すると、なんとルーも待っていました。トララの大の仲良しだったからです。ちょっと気まずい雰囲気になりました。でも、ウサギが前足で口を隠しながらプーに囁きました。

「俺にまかせろ」

そしてウサギはカンガのところへ歩み寄り、

「ルーは来ないほうがいいと思うけどな。今日はね」

「なんで？」とルーが反応しました。母親にだけ伝えたつもりだったのに。

「だってこんな大荒れの寒い日だぜ」とウサギは頭を横に振りながら言いました。

「だいたいお前、朝、咳してたじゃないか」

「なんで知ってるんだよぉ」

ルーが憤然として聞き返しました。

「まあ、ルーったら。そんなこと言ってなかったじゃないの」と母親のカンガが咎めるように言いましたが、

「ビスケットが喉にひっかかっただけだよぉ」とルーは言い訳し、「風邪の咳じゃないもん」

「今日はダメね、また今度にしましょ」

「明日？」とルーは期待に満ちた顔で聞きました。

「様子を見てね」とカンガが答えます。

「ママはいっつも様子見なんだから。それじゃ何にもできないよぉ」とルーが悲しそうに言いました。

「今日みたいな日は誰も様子見はできないさ、ルー」とウサギ。「たぶんそれほど遠くまでは行けないだろうと思う。そうしたら今日の午後には我々全員が、我々全員……我々……全員……、おお、トララ、そこにいたのか。よし行くぞ。じゃあな、

ルー！　今日の午後には我々全……、行くぞ、プー！　みんないいな？　よし。行くぞ」

　こうして四人は出かけました。最初、プーとウサギとコプタンがひとかたまりになって歩き、そのまわりをトララがぐるぐる走り回っていました。そのうちに小径がだんだん狭くなってきたので、ウサギ、コプタン、プーは縦一列になって歩き、トララは細長い輪を描くように彼らのまわりを走り回りました。やがて小径の両側に生えているトゲエニシダの枝がチクチクあたるようになると、トララは三人の隊列の前で、先のほうへ行ったり戻ってきたりしながら、ときどきウサギに飛びかかったり、ときどき飛びかからなかったりしました。しだいに上り坂となるにつれ、霧はどんどん深くなり、トララの姿はまったく見えなくなることが多くなりました。見えなくなったかと思うと、突然、姿を現して、「早くおいでよ」と言うのですが、それに応えようとする前に、またトララは姿を消してしまいます。

　ウサギは振り返り、コプタンを肘で突きました。

「次、行くぞ」とウサギが言いました。「プーに言っとけ」

「次だってよ」とコプタンがプーに伝えます。

「次になに？」とプーはコプタンに聞きました。

トララが突然現れて、ウサギに飛びかかりました。そしてすぐに消えました。

「今だ！」とウサギ。ウサギが小径《こみち》の脇のくぼみに飛び込んだので、プーとコプタンも後に続きました。三人はワラビの茂みに身をかがめ、ひたすら耳を澄ませます。身動きせずに聞いていると、森はとても静かでした。何も聞こえず、何も見えません。

「シーッ！」とウサギ。

「してるよ」とプー。

パタパタという音がして、まもなくまた静かになりました。

「ハロー！」とトララの声がしました。その声はあまりにも近くて突然でした。もしからだの上にプーがしゃがみ込んでいなかったら、コプタンは驚きのあまり、危うく跳び上がるところでした。

「どこにいるの、みんな？」

トララが吠えました。

ウサギはプーを突きます。プーはコプタンのほうを振り向いて突こうとしましたが、コプタンの姿が見当たりません。コプタンは湿ったワラビに鼻を当て、できるかぎり静かに息をしていました。そして、たいそう勇ましいドキドキした気持になっていました。

「おかしいぞ」とトララ。

しばしの静寂ののち、ふたたびパタパタと去っていく音がしました。さらにしばらく待っていると、森はもっと静まり返ったので、だんだん怖くなってきました。

ウサギはとうとう立ち上がり、伸びをしました。

「さて」ウサギが誇らしげに囁きます。「ほら見ろ！　言ったとおりだ」

「ずっと考えてたんだけど」とプーが切り出しました。「僕、考えるに……」

「いや」とウサギがさえぎりました。

「考えるな。走れ。行くぞ」

こうして三人は走り出しました。ウサギがその先頭を切ります。

「さて」とウサギは、少し走ったあとで、「ここなら話せる。さっき何を言おうとしたんだ、プー？」

「たいしたことじゃないんだ。それより、なんでこっちに向かって来てるの？」

「だって家に帰る道だからさ」

「ああ」とプー。

「だったら、もう少し右の方角だと思うけど」とコプタンは心配そうに言いました。

「プーはどう思う？」

プーは自分の両前足を見つめました。その一つが右だということは知っていたのです。そして二つのうちの一つが右であると決めたら、もう一方が左であることもわかっていました。ただ、どこから決め始めればいいのか、それがプーには思い出せないのです。

「えーと」とプーはゆっくり言いかけるうちに、

「行くぞ」とウサギが言いました。「俺にはこっちだってわかってる」

そこで出発しました。十分後、ふたたび立ち止まりました。

「そんなはずないけど」とウサギ。「いや、ちょっと待てよ、俺は……、あー、やっぱりそうか。行くぞ」

さらに十分後、「着いたぞ」とウサギが言いました。「いや、違う」……。

「さて」とウサギはさらにさらに十分後、言いました。「着いたと思ったんだが、もしかして俺が思っていたより少し右過ぎたのかな」……。

「おかしなもんだ」とウサギは次の十分後に言いました。

「霧の中だとみんな同じに見えちゃう。気づいてたか、プー？」

プーは気づいていたと答えました。

「森をよく知っててラッキーだったなあ、俺たち。さもなきゃ迷子になるとこだ」とウサギはそれから三十分後に言いました。ウサギは、迷子になんかなりっこないほど森を熟知しているかのような余裕たっぷりの様子で笑ってみせました。

コプタンはうしろからプーににじり寄り、「プー」と囁きました。

「なあに、コプタン?」

「なんでもない」とコプタンは、プーの前足を握りながら、「ただ、君がいるのを確かめたかっただけ」と言いました。

トララはみんなが追いついてくるのをずっと待っていたのですが、追いついてこないことがわかり、「ほら、行こう!」と呼びかける相手がいないことにも飽きたので、そろそろ家に帰ろうと思いました。こうしてトララは小走りで戻っていきました。帰ってきたトララを見てカンガが最初に言ったことは、

「お帰りなさい、トララちゃん。いい子だこと。ちょうど栄養補強剤をのむ時間だわ」

それからカンガはそのお薬をトララのために注いでやりました。ルーは誇らしげに言いました。

「僕、もう飲んだよ」

　トララは自分の分を飲み込んでから、

「おいらも飲んじゃった」

　それからトララとルーは仲良くおしくらまんじゅうを始めました。トララは椅子の一つ二つをうっかりうっかり倒してしまいました。ルーは椅子の一つをうっかりわざと倒しました。するとカンガが、

「さあさあ、外で走っておいで」

「どこへ走っていけばいいの？」とルーが聞くと、

「行ってモミぼっくりを集めてきてちょうだい」と、カンガはバスケットを手渡しながら言いました。

　こうしてトララとルーは六本松へ向かったのです。そこでモミぼっくりのぶつけっこをして遊ぶうち、なにをしに来たのか忘れてしまいました。トララとルーはバスケットを木の下に置き忘れたまま、晩ご飯を食べに帰りました。ちょうど晩ご飯を食べ終えたとき、クリストファー・ロビンがカンガの家の玄関に顔を出しました。

「プー、どこにいる？」とクリストファー・ロビンは聞きました。

「トララちゃん、プーがどこにいるか知ってる？」とカンガが聞いたところ、トラ

ラが、何が起こったかを話し出すと同時に、ルーはビスケットの咳について説明をし始め、カンガがいっぺんに喋ってはいけませんとトララとルーに注意したので、クリストファー・ロビンは事の次第を理解するまでに、しばらく時間がかかりました。つまり、プーとコプタンとウサギはどうやら森の奥の霧の中で迷子になってしまったとわかったのです。

「トララ族って可笑しくってね」とトララがルーに囁きました。「トララ族はぜったい道に迷わないんだ」

「なんでなの、トララ？」

「トララ族はね」とトララが説明し始めます。「迷わないの」

「さあ」とクリストファー・ロビンは切り出しました。「あいつらを見つけに行かなきゃ、とにかく。行くぞ、トララ」

「あいつらを見つけに行かなきゃいけないんだ」とトララがルーに説明しました。

「僕も行っていい？」とルーがおねだりしました。

「今日はダメよ」とカンガ。「また今度ね」

「じゃ、明日、みんなが迷子になったら、見つけに行ってもいい？」

「様子を見ましょ」とカンガ。ルーは、それがどういう意味なのか知っていたので、部屋の隅へ行き、自分見つけの練習を始めました。それは、単に見つける練習をしたかったのと、もう一つの理由は、クリストファー・ロビンやトララに置いてきぼりにされることを、悔しがっているとは思われたくなかったからなのです。

「実際問題」とウサギ。「どういうわけか、道に迷ったようだ」

三人は森の奥の小さな砂掘場で休んでいました。プーはその砂掘場に少し飽きて、どうも砂掘場が自分たちを追いかけ回しているのではないかという疑いを持ち始めていました。なぜならば、どちらに向かって歩き始めても、毎回この砂掘場にたどり着くからです。霧の中から砂掘場が現れるたび、ウサギは勝ち誇ったように言いました。

「やっと我々がどこにいるかわかったぞ」

そしてプーは悲しそうに答えます。

「僕も」

コプタンは、黙ったまま。コプタンは何か言おうと必死で考えましたが、思いつく言葉はただ一つでした。

「助けて！　助けて！」

でも、考えてみればプーとウサギがそばにいるのだから、そんなことを言うのは愚かに思われました。

「さてと」とウサギが切り出しました。これまでの楽しい散歩に誰からも感謝の言葉はなく、ずっと沈黙が流れていました。

「俺が思うに、そろそろ出かけたほうがいいな。どっちへ行ってみようか」

「どうかしら」とプーがゆっくり問いかけました。「ここを出て、砂掘場が見えなくなったらすぐに、今度は僕たちからこの砂掘場を探してみるっていうのは？」

「そんなことして、なんになるんだ？」とウサギ。

「うーん」とプー。「僕たち、ずっと家を探し続けているけど、見つからないでしょ。だから、もしこの砂掘場を探したら、きっと見つからないと思うんだ。それっていいことじゃない？　だって探していないものが見つかる。ってことは、それが、まさに探しているものかもしれないもの」

「意味、わかんねえよ」とウサギ。

「わかんないよね」とプーは慎ましやかに返しました。「喋り始めたときは、意味があるように思えたんだけど。喋っている途中で何かが起きちゃったっていう、それだけのこと」

「もし俺がこの砂掘場から出ていって、もう一度ここに向かって引き返したら、そりゃ当然、ここの砂掘場に戻るだろうが」

「どうかなあ。そうならないんじゃないかなって思ったの」とプー。「思っただけだけど」

「やってみて」と突然コプタンが言いました。「僕たち、ここで待ってるから」

ウサギは、コプタンはなんてバカなんだという顔で笑ってみせると、霧の中へ消えていきました。そして百メートルほど行ったあと、きびすを返し、またもと来た道を歩き出しました。

……いっぽうプーとコプタンは二十分待っていましたが、とうとうプーが立ち上がりました。

「こうなるんじゃないかと思った」とプー。「まあいいや、コプタン、ウチへ帰ろう」

「でもプー」とコプタンが叫びました。ものすごく興奮して、「帰る道、わかるの?」

「いや」とプー。「でも、ウチの食器棚には十二個のハチミツ壺があってね、あの子たちが僕のことを何時間も呼び続けてるんだよ。今まではちゃんと聞こえなかったけど、だってほら、ウサギがずっと喋ってたから。でも、もし十二個のハチミツ壺以外、誰も喋らなかったら、たぶんね、コプタン、あの子たちがどこから呼んでるのか、僕にはわかると思う。さあ、行こ！」

　プーとコプタンは一緒に歩き出しました。長い時間、コプタンは黙ったままでした。壺の声を邪魔したくなかったからです。しばらくして突然、コプタンがキイキイ声を発しました……それからウウウという声……なぜなら、今やコプタンは自分がどこにいるかわかったからです……、でも、もしかして間違っているかもしれないと思うと、まだそれを口にするほどの勇気は出ませんでした。しかし、ハチミツ壺が呼ぼうと呼ぶまいと関係ないほどの確信を持つようになったとき、ふたりの前で叫び声がしたのです。そして霧の中から、クリストファー・ロビンが現れました。

「なんだ、そこにいたのか」とクリストファー・ロビンはさりげなく声をかけました。心配していなかったかのように振る舞おうとしたからです。

「ここにいたの」とプー。

「ウサギはどこ？」

「わかんない」とプー。

「そうか、まあいいや。トララが見つけるだろう。あいつ、みんなのこと探してたみたいだし」

「ふうん」とプー。「僕はちょっとしたもののために家へ帰らなければいけないんだ。コプタンも同じ。だって僕たち、まだなにも……」

「僕も行って見ててあげる」とクリストファー・ロビン。

こうしてクリストファー・ロビンはプーと一緒に家へ戻りました。それからけっこう長い時間、プーのことを見守りました。


クリストファー・ロビンがプーを見守っている間、トララはずっとウサギに聞こえるよう、大きなうなり声をあげながら森じゅうを荒々しく走り回っておりました。そしてとうとう、なんともちっぽけなみすぼらしいウサギがその音を聞きつけたのです。ちっぽけなみすぼらしいウサギはその音めがけて霧の中を走り出しました。するとその音は、突然、トララの姿となって目の前に現れました。人なつこいトララ、偉大なるトララ、大きくて頼りになるトララ、仮に暴れることがあったとしても、トララ族らしい美しい跳ね方で暴れるトララ。

「ああ、トララ、会えて嬉しいよぉ！」

ウサギは泣き出しました。

8　コプタン、でかしたぞ！

クマのプーとコブタのコプタンがお互いに「会いたいな」と思ったとき、家を出て歩き出すと、それぞれの家の真ん中あたりでちょうど出くわす場所がありました。そこは「考えごとスポット」と呼ばれておりました。陽あたりがよく、風もないので、ふたりはしばらくそこに座って、さてこうして会ってしまったからにはこれから何をしようかと考えるのです。ある日、二人は何もしないと決め、プーが歌を一つ、つくりました。その場所が何のためにあるのか、みんなに教えてあげたくなったのです。

このポカポカ陽のあたるとこ
プーのとこ
ここでプーは考えること
さてなにをするとこ？
おっとっと　忘れるとこ
コプタンのとこでもあること

ある秋の日の朝でした。夜中のうちに大風が木々の葉っぱをすべて吹き飛ばし、日が昇るとさらに木の枝まで吹き飛ばそうとしていた頃、プーとコプタンは「思索スポット」に座って考えごとをしておりました。

「僕、思うんだけど」とプーが言いました。

「これからプーの細道へ行って、イーヨーに会ってこようよ。きっとイーヨーの家は風に吹き飛ばされていると思うの。だからイーヨーは僕たちに家をたて直してほしいと思ってると思うんだ」

「僕、思うんだけど」とコプタンが言いました。「これからクリストファー・ロビンに会いに行ったほうがいいんじゃない？　でも、きっと留守だろうね。行ってもしょうがないかな」

「よし、じゃ、みんなに会いにいこう！」とプーが提案しました。「だって、この大風の中を何マイルも歩いていったらぜったい誰かの家に飛び込むことになるでしょ。そしたらきっと、『やあ、プー。ちょうど今、おやつを食べるところだったんだ』って言われて、僕たち、そういうことになっちゃうの。そういうのを僕は『おともだち記念日』って呼ぶことにしてるんだ」

コプタンは、みんなに会いにいくとしたら、何かそれなりの理由が必要だと思いました。たとえばチビを探しにいくとか、タンタン隊を組織するとか、そういうことをプーが思いついてくれたらいいのにな、と考えたのです。

はたしてプーは思いつくことができました。

「今日は木曜日だから、行くのさ」とプーは言いました。「みんなに『おめでとう、木曜日！』って言ってあげなきゃ。さあ、行こう、コプタン！」

ふたりは立ち上がりました。でも、コプタンはもう一度、座り込みました。まさかこんなに風が強いとは思っていなかったからです。コプタンはプーに助け起こされて、ようやく出発しました。まず、プーの家に行きました。ふたりがたどり着いてみると、幸いなことに、プーは家におりました。プーはふたりを「いらっしゃーい」と招き入れ、ちょっとしたおやつを食べてから、今度はカンガルーのカンガの家へ向かいました。互いに手と手を取り合って、「だよね?」と叫んで、「なに?」と答えて、「聞こえないよ」と言いました。プーとコプタンがカンガの家に着く頃までには、すっかり風にモミクチャにされていたので、しばらくお邪魔して、お昼をごちそうになりました。

カンガの家を出たとたん、これからますます寒くなりそうに思われたので、今度はウサギの家を目指して、できるだけ急ぐことにしました。ウサギの家に着くと、プーは一、二度、入り口を入ったり出たりして、ちゃんと出られるかどうかを確かめてから、「おめでとう、木曜日!　って言いに来たんだよ」と言いました。

「なんで?　木曜日がどうした?」

ウサギが聞きました。その質問に対してプーが説明し終わると、人生が有意義なことだけでできているウサギは、

「なんだ、用があって来たんじゃないのか」

プーとコプタンはしばらく家のなかに座り込んでから、ふたたび出発しました。今や追い風になっていたので、もう怒鳴り合う必要はありません。

「ウサギは賢いなあ」とプーがしみじみ言いました。

「そうだね」とコプタン。「ウサギは賢いねえ」

「それに、ウサギには脳みそがある」

「そう」とコプタン。「ウサギには脳みそがあるね」

そのあと、ふたりはしばらく黙って歩き続けました。

「たぶん」とプーが切り出しました。「だからウサギは何もわからないんだよ」

その頃、クリストファー・ロビンは家に戻っておりました。もうお昼を過ぎていたからです。クリストファー・ロビンはふたりに会えたことを喜んだので、プーとコプタンは、「あとちょっとでティータイム」という時間までお邪魔して、「あとちょっとお茶」をごちそうになりました。あとでそのことを忘れてしまうほどの「あとちょっとお茶」でしたけれどね。それから年寄りロバのイーヨーに会うため、急いでプーの細道に向かいました。フクロンとの「本当のお茶」の時間に遅れないためです。

「こんにちは、イーヨー」

プーとコプタンが愛想良く呼びかけました。

「ああ」とイーヨーが答えます。「道にでも迷ったのか?」

「あなたに会いに来たんですよぉ」とコプタン。「それと、あなたの家がどうなっているか確かめるためにね。プー、見て。ちゃんとまだ立ってる！」

「まったくだ」とイーヨー。「実に奇妙じゃ。誰かがぶち壊しにきたはずなのにまだ立っておる」

「僕たち、風に押しつぶされたんじゃないかと思ってたんです」とプー。

「ああ、どうりで誰もわざわざつぶしにこないわけじゃ。わしゃてっきり、忘れられているだけかと思っておった」

「まあ、とにかくイーヨーに会えてよかったです。でもって、僕たちこれからフクロンに会いにいってきます」

「けっこう。楽しんでくるがいい。あいつは一日か二日前、ここいらを飛んでいて、わしに気づいていたはずじゃ。実際、何も声はかけてこんかったが、いいか、わしのことに気づいていたのは間違いない。人なつこいやつじゃ。おかげで勇気づけられた」

プーとコプタンは少しの間、からだをもぞもぞ動かしてから、「じゃ、失礼します、イーヨー」と、できるだけ名残惜しそうに言いました。まだ道のりは遠いので、本当はもっと早く出発したかったのです。

「行きなさい」とイーヨーが言いました。「風に吹き飛ばされるなよ、コプタン。

おまえさんがいなくなったら、みんな悲しむぞ。『コプタンは、いったいどこへ吹き飛ばされてしまったんだろう』とみんなが知りたがるだろうな。さあ、行くんだ。たまたまとはいえ、通りかかってくれて、ありがとうよ」

「さようなら」とプーとコプタンは最後の挨拶をして、物知りフクロウのフクロンの家へ急ぎました。

ふたたび向かい風です。コプタンは風に負けないよう必死で前進したので、耳が三角旗のようにペラペラと後方へたなびきました。何時間も風と闘ったかのように思われたあと、ようやく百年森に逃げ込むと、コプタンの耳はもと通りにピンと立ちました。その耳で少しビクビクしながら、木々のてっぺんで大風のうなる音を聞いたのです。

「僕たちが木の下にいるときに、木が倒れてきたら、どうする、プー？」

「倒れてこなかったら、どうする？」とプーがよくよく考えた末に答えたのでコプタンはホッとしました。それからまもなく、プーとコプタンはフクロンの家の玄関でたいそう機嫌良く、扉を叩いたりベルを鳴らしたりしました。

「こんにちは、フクロンさん」とプーが声をかけました。「間に合ったならいいんですけど……、つまり、お元気ですか？　コプタンと僕、この記念すべき木曜日にあなたがお元気かどうかと思って会いにきたんです」

「座りなさい、プー。座りなさい、コプタン」とフクロンは優しく言いました。

「さあさ、くつろいで」

プーとコプタンは感謝して、これ以上くつろげないほど、くつろぎました。

「つまり……、お邪魔した理由はですね、フクロンさん」とプーが切り出しました。

「急いできたんです、遅れちゃいけませんからね。帰る前に、お会いしとかなきゃと思いまして」

フクロンが重々しく頷きました。

「あたしが勘違いしていたら、訂正してもらいたいんですがね」とフクロンが聞きました。「外は大嵐かと思われますが、正しいですかね?」

「おっしゃるとおりです」とコプタンが両耳を静かに温めながら答えました。心の中でコプタンは、無事に自分の家に戻れたらいいなあと考えていました。

「だろうと思いましたよ」とフクロン。

「まさに今日みたいな大嵐の日だった。あたしのおじさんのロバートがね……、ほれ、コプタン、あんたの右の壁にかかっている肖像画のロバートおじさんのことですが、昼ちょっと前に帰ってこようとしているときに……、なんじゃ、ありゃ?」

そのとき、メリメリッという大きな音がしたのです。

「あぶない！」とプーが叫びました。「時計に気をつけて。コプタン、そこどいて！　僕、君の上に落っこちそうだ！」

「助けて！」とコプタン。

プーの座っているあたりがゆっくり持ち上がり、プーの椅子がコプタンの椅子の方向へ滑り出しました。時計はずるずると暖炉の上を横滑りして、その途中でいくつもの花瓶をひっかけながら、もしも自分が壁になったらどんな気分になるだろうと考え始めていたかつての床に向かっていきました。

ロバートおじさんの肖像画がかかっていた壁は部屋の絨毯に、ロバートおじさん自身は暖炉前の新たな敷物になりつつありました。コプタンが椅子から逃げようとした、まさにそのとき、ロバートおじさんの上にコプタンの椅子が滑り落ちたのです。それからしばらくの間、北がどっちだったかわからないほどの大混乱となって、それからまた別の大きな物音がして……、フクロンの部屋は激しくぐちゃぐちゃのごちゃごちゃになったのち、静寂が訪れました。

部屋の片隅で、テーブルクロスがのたうち始めました。

テーブルクロスは丸まって部屋を転がっていきました。一、二度、跳んだり跳ねたりしたのち、二つの耳を生やしました。

それからもう一度、部屋を転がって、ほどけてみれば、

「プー？」

心配そうなコプタンが現れました。

「はい？」と椅子の一つが応えました。

「僕たち、どこにいるの？」

「よくわかんない」と椅子。

「僕たち……、僕たち、フクロンの家にいるの？」

「だと思う。だってちょうどお茶を飲もうとしてたはずなのに、まだ飲んでいないからね」

「ああ」とコプタン。「ねえ、フクロンの郵便受けって、天井にあったっけ？」

「そうなってるの？」

「そうなってるんだよ。見て！」

「見えないよ」とプー。「僕、何かの下でうつぶせになってるみたい。だからね、コプタン、天井を見るには無理な姿勢なの」

「そうかあ。でも、そうなってるんだよ、プー」

「フクロンが模様替えしたんじゃないの？」とプー。「気分転換に」

部屋のもう一方の隅にあるテーブルの後ろでがさごそ音がしてから、フクロンも合流です。

「ああもう、コプタン」とフクロンはたいそうイライラした調子で、

「プーはどこですかね？」

「よくわからないんです」とプー。

フクロンは声のするほうを振り向いて、見えるかぎりのプーに向かって、しかめつらをしてみせました。

「プーさんや」とフクロンは厳しい口調で、「お前さんの仕業かね？」

「違いますよ」とプーは不満げに答えました。「違いますすと、思いますけど」

「じゃ、誰の仕業ですか？」

「たぶん風のせいだと思います」とコプタン。「あなたの家が風に吹き倒されたんじゃないかしら」

「へええ、そうかね？　あたしゃまた、プーがやったんだと思いましたよ」

「違いますよ」とプー。

「もし風のせいだとするなら」とフクロンが事の次第を考えて、「となれば、これはプーの落ち度ではないと。プーに罪を負わせるわけにはいきませんな」

すっかり優しい言い方になって、フクロンは自分の家の新たな天井の様子を見に飛び立ちました。


「コプタン！」とプーが大きな声で囁きました。コプタンがプーのほうへからだを傾けて、

「なに、プー？」

「フクロンは、僕になにを負わせるって言ったの？」

「フクロンは、君のこと、責めないってさ」

「ああ！　僕、てっきり、あ、わかったよ」

「フクロン」とコプタンが声をかけました。「こっちに下りてきて、プーを助けてあげて」

郵便受けを愛おしげに見つめていたフクロンは、再び舞い降りてきました。コプタンとふたりで肘掛け椅子を押したり引いたりした末に、まもなくプーが椅子の下から姿を現しました。プーはようやくまわりの景色を見ることができたのです。

「さて」とフクロン。

「なんという素晴らしい配置ですかね！」

「どうしよう、プー？　なんかいい考え、ない？」とコプタンが聞きました。

「うん、実はもう思いついちゃった」とプー。「ほんのちょっとしたことだけど」

それからプーは歌い出しました。

僕はうつぶせさ
うつぶせは最高さ
いっそお昼寝してるふり

僕は腹ばいさ
腹ばいで鼻歌さ
でもいい歌なんて
浮かばない

僕の顔はぺっちゃんこ

床の上にぺっちゃんこ
曲芸師なら拍手喝采

こんな気のいいクマを
籐椅子の下敷きにするなんて
あんまりだ

まるで羽交い締め
どんどん羽交い締め
かわいそうなクマの鼻
気持のいいわけがない

まるで押しつぶし
どんどんぺっちゃんこ
首も口も耳も
どこもかしこも

ぺっちゃんこ

「お粗末様でした」とプーが言いました。

フクロンは、ちょっとばかり感心できない様子で咳をしています。そのあと、もし本当にそれで歌がおしまいなら、そろそろ脱出問題に取りかかろうじゃありませんかと言いました。

「なぜならば」とフクロン、「我々は、かつて玄関だったドアからは脱出することができないんですよ。何かがドアの外にかぶさってるみたいですからね」

「でも、他に外へ出られるところ、ありますか？」

コプタンが心配そうに訊ねました。

「そこなんですよ、コプタン。あたしがプーにそろそろ真剣に考えなさいと言ったのは」

プーは、かつて壁であった今の床に座って、かつて壁であった今の天井をじっと見つめました。その天井には、かつて玄関だった玄関がありました。プーはそれを見つめながら、真剣に考え始めます。

「もしかして、コプタンをおんぶして郵便受けまで飛ぶこと、できます？　フクロンさん」

　プーが聞きました。

「できません」とコプタンが即答。「フクロンさんには、できませんから」

　一方、フクロンは不可欠的背筋について説明を始めました。前にもプーとクリストファー・ロビンにその説明をしたことがあったのですが、ふたたびそのチャンスが来るのをずっと待ち焦がれていたのです。なにしろ二回説明したぐらいでは、いったい何の話をしているのかさっぱり伝わらないような内容だったのです。

「だってそうじゃない、フクロンさん。もし郵便受けの中にコプタンを突っ込むことができたら、手紙の差し込み口からグニューッと抜け出して、木を下りて、誰かに助けを求めに行ってもらえるでしょ」

　プーがとうとう語り出すや、コプタンは猛スピードで、

「僕、最近、少し大きくなったから、それは無理無理無理無理。そうしたいのは山々だけど、無理無理無理無理」

「あたしゃ、最近、大きな手紙が入るようにと思って郵便受けの口を大きくしたから、たぶんコプタン、無理じゃない無理じゃない」とフクロン。

「でもフクロンさんはさっき、フカフカ的なんとかがないとダメだって言ったじゃ

ない」

「そうでした、ダメでした。だから、このアイディアは考えても無駄でした」

そこでコプタンが、

「だったら、他の方法を考えたほうがいいんじゃない？」

と言って、すぐさま他の方法を考え始めました。

でもプーの心は、プーがコプタンを洪水から救い出した日に戻っておりました。あのときは、誰もがプーをたいそう尊敬したものです。そういうことはめったにありません。でもプーは、もう一度、ああいうことが起きてほしいと願いました。そして、かつてと同じく、突然、一つのアイディアがひらめいたのです。

「フクロンさん！」とプーが声をかけました。

「いいこと思いついた！」

「抜け目なき、役立つクマよ」とフクロンが答えました。

プーは「抜け毛なき、痩《や》せ立つクマ」なんて言われたのかと思ってすっかり有頂天になり、遠慮がちに言い足しました。

「たまたま思いついただけなんですけどね。フクロンさん、コプタンを紐で結わえて、その紐のもう一方の端をくちばしにくわえて郵便受け目がけて飛んでください。

で、郵便受けの籠の針金に紐を通して、紐をくわえたまま、もう一度、床に下りてきてください。それからあなたと僕で紐の端を強く引けば、もう一方の端に括られているコプタンがゆっくり上がっていくってわけ。そういうこと！」

「で、コプタンがそういうことか。紐がちぎれなければね」

「ちぎれちゃったら、どうなるの？」とコプタンが、真剣に知りたい様子で聞きました。

「ちぎれちゃったら、他の紐を使えばいいいさ」とプーが答えます。

それはコプタンにとってあまり気持のいい回答ではありませんでした。いくらたくさんの紐を使ったところで、落ちてくるのはいつもコプタン。でもどうやらそれが、唯一の方法らしいのです。コプタンは勇気を振り絞り、プーに向かって頷きました。天井に紐で吊り上げられることのなかった、森での幸せな時間のすべてを最後にもう一度、心に思い浮かべながら。

「それはとても冴えた、け、け、け、冴えた、け、け、計画だよ！」

「ちぎれないさ」とプーは励ますように囁きました。「だって君は小さい動物だし、僕が下にちゃんといるから。それに、もし君が僕たち全員を助けたら、そりゃもう、あとあとまで語り継がれるほどの評判になるよ。たぶん僕が歌をつくるだろうな。

そしたら人々はこう言うんだ。『コプタンのしたことがあまりにも偉大だったから、たたえるプーの歌が生まれたんだよ』ってね」

そう聞いて、コプタンはすっかりいい気持になりました。

すべての準備は整いました。コプタンは、ゆっくりと天井に上がっていくのを自覚して、誇らしさのあまり、「ねえ、僕を見て！」と思わず叫びそうになりました。もしプーとフクロンが天井を見上げたすきに紐から手を離してしまうかもしれないという心配さえしなかったら。

「上がってる、上がってる！」

プーが嬉しそうに言いました。

「上昇は予定通りに進行しておる」

フクロンが言い添えます。ほどなくコプタンが上に着きました。コプタンは郵便受けの蓋を開け、籠の中によじ登ります。紐をほどき、差し込み口の隙間へからだをねじ込み始めました。かつて玄関が玄関だった時代、この差し込み口を通して、たくさんの予期せぬ手紙が滑り込んできたものです。フクロンが自分自身に書いたたくさんの手紙が。

コプタンはからだをよじらせ、よじって、そしてよじり切ったのち、とうとう外に抜け出しました。喜び興奮に打ち震え、コプタンは振り向くと、残された囚人たちに向かって最後のメッセージをキイキイ声で叫びます。

「大丈夫だ！」

コプタンは差し込み口を通して叫びました。

「あなたの木は倒れてます、フクロンさん。枝が玄関をふさいでしまってる。でもクリストファー・ロビンと僕がどけてあげるから。僕たち、プーのためにロープを持ってくるよ。これからクリストファー・ロビンを呼んできます。木は簡単に降りられるよ、って、もちろん危ないんだよ。でも、僕なら簡単に降りられるから大丈夫。クリストファー・ロビンと一緒に三十分くらいで戻ってきます。じゃね、バイバイ、プー！」

こうしてコプタンは、「バイバイ。ありがとう、コプタン」とプーが応えるのを聞かずに、去って行きました。

「三十分か」とフクロンが心地よく落ち着いた様子で言いました。

「ほれ、あんたのお尻の下にある肖像画ね。そのロバートおじさんの話が途中になっていましたが、最後までし終えるのに、ほどよい時間だ。さて、そうだね、あたしゃ、どこまで話しましたっけ？　ああ、思い出した。ちょうど今日のような大嵐の日でした。ロバートおじさんは……」

プーは目を閉じました。

9　イーヨーがフロクン庵を見つけてフクロンが引っ越す。

プーはあちこち歩き回った末、いつしか百年森にたどり着き、かつてフクロンの家があった場所に立っておりました。今はもはや、とうてい家には見えません。まるで嵐に吹き倒された大木のようでした。家がそんなふうに見えたら、すぐさま新しい家を探すものです。

その日の朝、プーは自分の家の玄関の下にあやしいメッチェージが差し込まれているのを見つけました。そこにはこう書かれていました。

「俺はフクロンのために新しい家をさぐしているぞ、君も行け。ウサギ」

なんだ、これ。プーが考えていると、ちょうどそこへウサギがやってきて、読み上げてくれました。

「俺は他の仲間全員のところにも書き置きしてるんだ」とウサギは言い、「そんでもって、やつらにこの書き置きの意味を説明して回ってるんだ。そうすればみんな、探しにいくだろ？　忙しいんだよ、俺は。じゃな」

ウサギはそれだけ言うと、走り去りました。

プーはウサギの言うことに従って、でもゆっくり歩き出しました。なぜなら、フクロンのために新しい家を探すより、先にするべきことがあったのです。プーは、フクロンの古い家のことを歌にしなければなりませんでした。何日も前に、歌をつくるとコプタンに約束していたのです。あの日以来、プーとコプタンが顔を合わせるたびに、コプタンはその件について何も言いませんでしたが、なぜコプタンがそれについて何も言わないのかは明白でした。もし誰かがプーの歌、あるいは木々のこと、あるいは紐とか夜の大嵐についてちょっとでも触れるや、たちまちコプタンの鼻のてっぺんがピンク色に変わり、急いで話をそらそうとしたからです。

「でも簡単なことじゃないな」

プーはかつてフクロンの家だった残骸を見ながら、ひとり言を言いました。

「だって詩とか歌ってものは、こっちからつかまえにいくものじゃないんだ。あっちから降ってくるものなんだ。できることといえば、あっちがこっちを見つけてくれる場所に行くだけさ」

プーは期待をこめて待ちました……。

「さてと」

プーは長い時間、待ったのちに言いました。

「『ここに倒木あり』で始めようかな。だって、ここに木が倒れてるんだもの。それから何が起こるかは、様子をみることにしよう」

何が起こったかは、以下のとおり。

ここに倒木あり
フクロン（お、鳥、鳥）が　愛していた木だったが
フクロンは
僕という友達に　話しかけていた
（知らないといけないので言っておく）
そのときちょうど　ああ　起きたのだ

見よ！　颪は暴れまくり
かの愛したる木を　なぎ倒し
事態は彼にとって　ひどいこととなり
我々にとっても　ひどいこととなり
つまり
フクロンと我々が
これほどまでコテンパンに　されたことはなし

そこでコプタン（おお　コプタン　コプタン）が考えた
「勇気持て！」
彼　言いけり
「必ず希望あり。我にいちばん細い縄を持て。
さもなくば、いちばん太い紐を持て」
そしてコプタン　登りゆくなり　郵便受け
その間　プーとフクロン　叫ぶだけ
「おー！」とか「ふーむ！」とか

いつもは郵便物が通る口
（ああ、郵便物のみ　郵便物のみ）
コプタンは頭をねじ込み　それからつま先　ねじ込んだ

おー　勇敢なるコプタン
（ああ　コプタン　コプタン）
ヒュウヒュウ！
コプタンが　震えたか？
コプタンが　ビビったか？　いやいや
彼は一ミリずつ　じわじわと
「郵便物のみ」を抜け
わかってるんだ
ちゃんと外へ出たのを　僕はちゃんと見た

走って走って　立ち止まる
そして叫んだ

「フクロンを　かの鳥を助けよ　プーも　かのクマも！」
仲間に聞こえるまで　叫ぶコブタよ
まもなく仲間が　森の向こうから
いちもくさんに　飛んできた

「救助だ救助だ　救出だ！」
コプタン叫ぶ
どこへ行けと　皆に指令する
歌え　ホッ！　コプタンのため　ホッホ！
（ああ　コプタン　コプタン）
するとまもなく　扉が大きく開け放たれ
ふたりは無事に　家の外！

歌え　ホッ！　コプタンのため　ホッホ！

「できちゃった」

プーはその歌を三回繰り返し歌ったあと、呟きました。

「こんなふうに降りて来るとは思っていなかったけど、とにかく降りて来ちゃった。よし、これをコプタンに歌ってあげなきゃ」


俺はフクロンのために新しい家をさぐしているぞ、君も行け。ウサギ

「なんじゃ、こりゃ」

と、イーヨーが聞きました。

「フクロンのぼろ屋がどうかしたのか?」

そこでウサギが説明すると、

「誰もわしには言ってこなかったが」とイーヨー。「誰も伝えてはくれん。最後に声をかけられてから、今度の金曜日で十七日目になる」

「十七日目なんて、そんな大げさな」

「今度の金曜日でな」とイーヨーが補足しました。

「今日は土曜日だから……」とウサギ。「今日で十一日目でしょう。俺、一週間前、たしかここにいましたけど」

「ありゃ、会話とは言えん」とイーヨー。「声をかけたら、かけ返す。それが会話じゃ。お前さんは『こんちは』と言ったきり、走り去った。わしがなんと返そうかと熟慮している間に、お前さんの尻尾がはるか百メートル先の丘の上に見えた。わしが『なんじゃ？』と言おうと決めたときは、当然のことながら、遅かった」

「ま、急いでたからな、俺」

「なんのやりとりもなし」イーヨーが言葉を続けます。「意思の疎通もなし。こんちは、とくれば、なんじゃ、だろう？　つまり言いたいのは、会話の後半が、ちらりと相手の尻尾を見るだけでは、なんの意味もないということじゃ」

「そりゃ、あんたのせいですよ、イーヨー。だって俺たちに会いにこないんだもん。あんた、この森の片隅にずっと居座って、誰かが来るのを待ってるだけでしょ。たまには出かけてきたらどうですか？」

イーヨーは少しの間、黙って考えました。そしてとうとう口を開きました。

「お前さんの言うことには一理ある、ウサギ。わしはお前さんたちを長い間かまってやらなかった。どうやらもう少し動き回る必要がありそうじゃ。もう少し行ったり来たりしなければ」

「そうですよ、イーヨー。いつだって寄ってくださいよ、気が向いたら」

「ありがとう、ウサギ。で、もし誰かが大きな声で『まいったな、イーヨーが来たぞ』なんて言ったら、また引きこもればいいだけの話」

ウサギはちょっとの間、片足で立っていましたが、

「さて、と」と言って、「そろそろ行かないと。今朝はまた、ちょいと忙しくてね」

「じゃあな」とイーヨー。

「なに？　ああ、さよなら。で、もしフクロン向きの手頃な家を見かけたら教えてくださいよ」

「気にかけておくさ」とイーヨー。そしてウサギは去っていきました。

プーはコプタンを見つけました。ふたりは一緒に百年森に向かって歩き出しました。何も言わずにしばらくの間、歩いたあと、プーが少し恥ずかしそうな様子で声をかけました。

「ねえ、コプタン」

「なんだい、プー？」

「あの件について『たたえるプーの歌』を僕が作ることになるだろうって言ったの、覚えてる？」

「そんなこと、言ったっけ？」とコプタンは、鼻のまわりを少しピンク色に染めて

9　イーヨーがフロクン庵を見つけてフクロンが引っ越す。

聞き返しました。それから、

「ああ、そうだった。君、言ってたね」

「できたんだよ、コプタン」

コプタンの鼻のピンクはゆっくりと上がって耳まで届き、そこで止まりました。

「できたの?」コプタンはかすれ声で聞きました。「あの、あの、あのときの? 本当にできちゃったの?」

「そうさ、コプタン」

コプタンの耳の先が突然、真っ赤になり、なにかを言おうとしましたが、一、二度、しゃがれた声を出しただけで言葉にはなりませんでした。そこでプーは話を続けます。

「この歌は七番まであるんだよ」

「七番まで?」とコプタンはできるだけさりげない口調で聞き返しました。

「七番までつくるなんて、君にしては珍しいね」

「一度もないさ」とプー。「そんな歌、聴いたこともない」

「もう誰かに聴かせたの?」

コプタンはそう訊ねながら足を止め、棒きれを拾い上げて放り投げました。

「まだ誰にも」プーはそう答えてから、

「どっちがいいかと思ってるの。今、ここで僕が歌ってみるのと、みんなと会ってからその前でお披露目するのと。君はどっちがいい？」

コプタンは少しだけ考えました。

「僕は、今、ここで歌ってもらいたい。で、そのあと、みんなの前で歌ってもらうのがいいな。だってそしたら、みんなはその歌を一生懸命に聴くだろうけど、僕は『ああ、僕はもう知ってるから』って言って、聴かないふりができるでしょ？」

そこでプーはコプタンに七番までぜんぶ歌って聴かせました。するとコプタンはなにも言わず、ただ真っ赤になって立っているだけでした。いまだかつて、コプタン（ああ　コプタン　コプタン）のために、ひたすらコプタンだけのために、「ホッホ！」なんて、誰も歌ってくれたことはなかったのですから。

歌が終わったとき、コプタンは七番のうちの一つをもう一度歌ってほしいと思いましたが、とてもそんなことは言い出せませんでした。それは「おー　勇敢なるコプタン」から始まる一節で、詩の出だしとしては、極めて深みのある部分に思われたからです。

でもついにコプタンは口を開きました。

「こんなことぜんぶ、ホントに僕がしたんだっけ？」

「そうだなあ」とプー。「詩の中で、詩の歌の世界では、まあ、君がやったんだよ、コプタン。だって詩にそう書いてあるからね。こうやって人々に歌いつがれていくのさ」

「そうかあ」とコプタンは、「でも僕、僕、ちょっとビビってたと思うから。最初だけね。でも詩には『コプタンがビビったか？　いやいや』ってあったでしょ。だから聞いたの」

「君は心の中でビビってただけだよ」とプーは答えました。

「そしてこれこそ、とても小さな動物にとって、そこにある恐怖に立ち向かう最も勇敢なやり方なのさ」

　コプタンは幸せのあまり溜め息をつきます。それから自分自身について考え始めました。僕は、勇敢なんだ……。


　さてふたりがフクロンの古い家にたどり着いてみれば、そこにはイーヨー以外のすべての仲間がそろっておりました。クリストファー・ロビンはこれから何をするべきか、彼らに指示を出し、ウサギはその指示を即座に繰り返しました。みんなに聞こえていなかったらいけないと思ったからです。こうして全員が指示に従っていました。みんなはロープを握ってフクロンの椅子や絵やいろいろなものを古い家から引っ張り上げて、それらを新しい家に移すための準備をしていたのです。カンガは家の中にいて、家具をロープで縛り上げ、フクロンに向かって叫びます。

「もうこんな汚い布巾、いらないでしょ？　それにこの絨毯ときたら、あらあら、穴だらけじゃないの」

するとフクロンが憤然と叫び返しました。

「もちろん、いりますよ。それは単に家具の配置を工夫すればすむ問題なんですから。ついでに言っておきますが、それは布巾じゃありません。あたしのショールです」

ときどきルーが家の中に落ちてきては、ロープにつかまって、また次の家具と一緒に外へ戻っていくので、カンガはどこを見ればルーがいるのかわからなくてちょっとイライラしていました。イライラしたカンガはフクロンに八つ当たりして、あなたの家ったらどこもかしこもジメジメしていて汚くて、まったくみすぼらしいったらありゃしない、吹き倒されてちょうどよかったんですよ、と言いました。ごらんなさい、部屋の隅にぞっとするような毒キノコが束になって生えているじゃないですか！

　そこでフクロンは見下ろしました。まさかそんなものが生えていたとは知らなかったので、驚いたのです。でもまもなく皮肉な笑みをかすかに浮かべ、それはあたしのスポンジですと説明しました。ごく普通のお風呂用スポンジを見て、それがスポンジだとわからないようでは生きる気力も失《う》せるというもんですな、と言い返しました。

「そうきますか」とカンガは応えました。そのときルーが勢いよく飛び込んできて、

「僕、フクロンのスポンジ、見たい！　あ、あったぞ。うわ、フクロン！　でも、フクロン、これ、スポンジじゃないよ。これ、ズブンジだあ！　フクロン、ズブンジって知ってる？　ズブンジってね、スポンジがぜんぶ、ズブズブのズブン……」

と言いかけたとき、カンガが、

「ルーちゃん！」と慌てて止めました。そんな話を、「火曜日」のスペリングを知っている相手にするものではないと思ったからです。

　しかし、プーとコプタンが一緒に現れたのを見て、仲間全員はホッとしました。

　プーがつくった新しい歌を聴くために彼らは作業を中断し、休憩を取ることにしました。歌を聴き終わると、誰もが、いい歌だったとプーに声をかけました。すると

コプタンは気楽な調子で、「いいですよね。歌としてって意味ですけど」

「で、新しい家のことはどうなったの？」

プーが訊ねました。「見つかったんですか、フクロン？」

「フクロンは、家につける名前は見つけたみたいだよ」

細長い草の葉を口にくわえたクリストファー・ロビンが、けだるい様子で言いました。「だから、あとフクロンに必要なのは家だけってことさ」

「命名したんですよ」とフクロンがもったいぶって切り出します。そして製作中だった表札をみんなに披露しました。四角い木の板に、ペンキで家の名前が次のように書かれておりました。

フロクン庵

と、感動的なこの瞬間に、木々の間から何ものかが現れて、フクロンの背中にドンとぶつかりました。その勢いでフクロンの表札が地面に落ちたので、コプタンとルーは興味津々に覗き込みました。

「なんだ、あんたかい」とフクロンが不機嫌そうに言いました。

「やあ、イーヨー」とウサギ。「やっと来たんですか！　どこにいってたんです？」

イーヨーは彼らに目もくれません。

「おはよう、クリストファー・ロビン」

イーヨーはそう挨拶をしてから、ルーとコプタンを尻尾で払いのけると、「フロクン庵」の表札の上に座り込みました。

「差しで話がしたいんじゃが？」

「いいですよ」とクリストファー・ロビンは含み笑いをしています。

「聞くところによると……、ニュースというのは森のはずれのわしのすみかにまで届くもので、すみかといっても、ここから右のほうへいった湿った一角で、まあ、誰もが好むようなところではないが。で、そのニュースによれば、どなたかが家を探しておられるとか。一つ、見つけたんじゃが……」

「おお、よくやった！」とウサギが優しく言いました。

イーヨーはゆっくりウサギのほうを振り返り、それからまたクリストファー・ロビンに向き直りました。

「誰かが割り込んできたようじゃが」

イーヨーは大きな声で囁きました。

「気にすることはない。放っておけばいい。ついてきてくれれば、その家を見せてさしあげられますがね、クリストファー・ロビン」

クリストファー・ロビンは跳び上がり、

「行こう、プー！」

すると、

「行こう、トララ！」

ルーが叫びました。

「この際、行ってみますか、フクロン！」とウサギ。

「ちょっと待ってくださいよ」と、フクロンは、（イーヨーが立ち上がったおかげで）再び見えるようになった表札を取り上げます。

イーヨーはみんなをシッシと追い払いました。

「クリストファー・ロビンとわしは、ちょっと散歩にいってくる」とイーヨー。

「おしくらまんじゅうじゃあるまいし。クリストファー・ロビンがプーとコプタンを連れて行きたいというなら歓迎するが、息苦しくなるほど大勢になるのはやめてもらいたい」

「わかったわかった、わかりましたよ」とウサギは答え、むしろ居残って、現場のしきりをやるほうがいいと、即座に頭を切り換えたのです。

「よし、家具の持ち出し作業を再開するぞ。さあ、トララ、ロープはどこだ？　どうした、フクロン？」

フクロンは、まさに自分の新しい家の表札の文字がボケボケ庵のグジャグジャ庵になってしまったのを発見したところでした。フクロンはイーヨーに向かって、言葉は発しませんでしたが、かわりに憤然とした咳払いをして見せました。が、イーヨーときたら、お尻に「フロクン庵」のペンキの文字のほとんどをべったりくっつけたまま、クリストファー・ロビンたちと一緒に遠ざかっていきました。

さて、しばらくすると、彼らはイーヨーが見つけた家のある場所に到着しました。到着する直前、コプタンがプーを突っつくと、プーもコプタンを突っつき返しました。ふたりは突っつきながら、お互いに、「そうだよ！」とか「そんなバカな！」とか「そうだよ、マジで！」とか言い合いました。

そしてかれらがその家に着いてみると、マジで、そうだったのです。

「ここじゃ！」とイーヨーが誇らしげに言って、コプタンの家の前で彼らを止めました。

「家の名前もついておる。すべて揃っておる」

「わお」とクリストファー・ロビンが叫びました。ここは笑っていいものか、どうしていいものか……。

「まさにフクロンの家そのもの。そう思わんかね、小さなコプタンや？」

コプタンはそこで、崇高なる行動に出ました。コプタンは一種、夢心地の中でそれを実行したのです。プーがコプタンについて歌い上げてくれた数々の素晴らしい言葉を思い出しながら。

「おっしゃるとおり。これはまさに、フクロンの家、そのものですね！」

コプタンは堂々と言ってのけました。「フクロンがこの家に住んで幸せになるといいですね」

ここでコプタンは二度、こみ上げてくる感情をゴクンと飲み込みました。なぜならコプタンは、今までこの家に住んでいて、ずっと幸せだったからです。

「クリストファー・ロビンは、どう思うかね？」

イーヨーがやや心配そうに訊ねました。なんかおかしいぞと、うすうす感じていたのです。

クリストファー・ロビンには、まず聞かなければいけない質問がありました。でも、どういうふうに切り出そうかと迷っていたのです。

「そうだなあ」とクリストファー・ロビンはとうとう口を開きました。

「とてもステキな家だね。誰だって家が吹き飛ばされたら、どこかへ引っ越ししなきゃいけないのはたしかだ。そうだろ、コプタン？　君だったらどうする？　もし君の家が吹き飛ばされちゃったら」

コプタンが答えを思いつく前に、プーがかわりに答えました。

「コプタンはウチに来て、僕と一緒に住むよ」とプー。「だろ、コプタン？」

コプタンはプーの前足を握りしめました。

「ありがとう、プー。僕、ぜったい、そうしたい！」

10　クリストファー・ロビンとプーが魔法の丘へのぼり、私たちはそこでふたりとさようなら。

クリストファー・ロビンは森を去っていこうとしていました。どうして去っていこうとしているのか、誰も知りませんでした。彼がどこへ去っていこうとしているのかも知りませんでした。実際のところ、クリストファー・ロビンがいなくなろうとしていることを、なぜ自分が知っているのかすら誰も知らなかったのです。

しかし、森にいる誰もがなんとなく、ついにそのときが来たのだと察しておりました。ウサギの親族仲間一同のなかでもっとも小さなカブトムシのチビは、以前にクリストファー・ロビンの足を見たことがあると思いましたが、自信はありませんでした。もしかするとそれは、クリストファー・ロビンの足とは違うなにかだったたのかもしれません。そのチビでさえ、物事は移りゆくものだとひとりごちました。そして、ウサギの親族仲間一同の他のふたりであるハヤイ君とオソイ君もまた、「どう思う、ハヤイ君?」、あるいは「そうだなあ、オソイ君?」と、答えを期待しても意味がないと知りながら、訊ね合いました。

ある日、ウサギは、もうこれ以上待ちきれないと思って、「お知らせ」を練り上げました。それは次のとおりです。

「プーの細道の家にて全員集会のお知らせ。ケチギを通すための集会です。左側通行で集まるように。ウサギ」

ウサギはこのお知らせを二、三回、書き直しました。どうしても、自分が思っていた「ケチギ」という綴りにならなかったからです。書いては書き直し、書いては書き直し、そしてなんとか書き終えると、それを持ってみんなの家をまわって読み上げました。すると、誰もが出席すると答えました。

「おやおや」

その日の午後、森の仲間が揃って自分のウチへやって来たのを見て、イーヨーが言いました。

「こりゃ驚いた。わしにもお呼びがかかっているということか？」

「イーヨーの言ってることは無視無視」

ウサギがプーに囁きました。

「イーヨーには今朝、俺からちゃんと話してあるんだから」

みんながイーヨーに「ごきげんいかが」と挨拶すると、イーヨーは「気にかけてもらうほど、ごきげんはよろしくない」と答えました。

それから全員が座り込み、座り込むや、反対にウサギは立ち上がりました。

「なぜみんなに集まってもらったか、わかっていると思うが……」と、ウサギが切り出しました。「俺は友達のイーヨーにすでに頼んである」

「わしのことじゃ」とイーヨー。「おおいにけっこう」

「俺はイーヨーにケチギの提案を頼んだ」

それからウサギはまた座り、「さあ、どうぞ」とイーヨーを促しました。すると、

「そうせき立てるな」とイーヨーは答え、ゆっくり立ち上がりました。

「さあ、どうぞ、などと言うな」

イーヨーは耳の後ろから紙を取り出して、広げました。

「この件については、誰も何も知らん」

彼は続けます。

「誰もが驚くだろう」

イーヨーはもったいぶった調子で一つ咳払いをしてから、ふたたび続けました。

「うんぬん、かんぬん、その他もろもろ、始める前に、あるいは、終える前にと言うべきか、まずは一言。一篇の詩をみなさまにお聞かせしたい。従前……従前などと、ややこしい言葉を使ってみたが、まあ、いずれわかるだろう。従前から申し上げているとおり、この森におけるすべての詩はプーによって書かれてきた。行儀はよいが、まったくもって驚くべき脳みそのちっこいクマによってである。今、ここでわしが読まんとしている詩は、イーヨー、すなわち、わしにより、静寂のときのなかで書かれたものである。おい、誰かルーの口からあめ玉を取り上げて、ついでにフクロンをたたき起こしてくれたまえ。そうすれば、この詩をお楽しみいただけるであろう。これこそが、『詩』である」

それは、こういう詩でした。

クリストファー・ロビンは行ってしまう

少なくとも　わしはそう思う

いずこへか?
誰も知らん
だが　あいつは行ってしまう
あいつは　行かむ
(ここは「知らん」と韻を踏むため)
気になるか?
(ここは「いずこへか」と韻を踏むため)
気になる
たいそう
(ここではまだ二行目の「わしは」と韻を踏めていない。クソ)
(今度は「クソ」と韻が踏めていないぞ。クソ)
これら二つのクソは互いに韻を踏んでいなければならない。クッソークソー
実際のとこ　こりゃ難しい
思ったよりは
この歳よりは
(実にいい感じ)

最初からやり直し
これでおしまいにするほうが
ずっと楽
クリストファー・ロビンよ　さらば
しからば　ならば
（上出来）
しからば　ならば
わしとすべての仲間たち
贈りたち
わしとすべての仲間たち
送りなきゃま
（うう、難しすぎる、意味が違ってくるぞ）
まあ　とにかく　我々は愛を贈るたち
完

「もし、拍手がしたければ」

イーヨーは詩を読み終えると問いかけました。

「今こそ、そのときじゃ」

そこでみんなは拍手をします。

「ありがとう」イーヨーが礼を言いました。

「これはこれは思いがけなくも、嬉しきかな。若干の熱情には欠けておるようじゃが」

「僕の詩よりだんぜん出来がいいですね」とプーが褒め称えました。プーは本気でそう思ったのです。

「まあ……」とイーヨーは謙虚に応えました。

「そのつもりでつくったからな」

「ケチギとはつまり」とウサギが口を挟みました。「全員がこのイーヨーの詩に署名をし、これをクリストファー・ロビンに持っていくということだ」

そこで全員が次々に自分の名前を書きました。

プウ、フロクン、コプタン、イヨー、ウサギ、カンガ、ボタッ（トララはサインできない）、ベタベタ（ルーはサインできない）。

こうして仲間全員は、署名されたケチギ書を持ってクリストファー・ロビンの家へ向かいました。

「やあ、みんな」とクリストファー・ロビンが挨拶をしました。「こんにちは、プー」

仲間は全員で、「こんにちは」と応えてから、突然、きまりが悪くなり、そして悲しくなりました。口では「こんにちは」と言っているけれど、実は「さようなら」と言っているようなものだったからです。でも誰もがそのことについては考えたくありませんでした。そこでみんなはクリストファー・ロビンを囲んで立ち、誰かが口火を切ってくれるのを待ちました。互いに突き合い、「行けよ！」と言い、しだいにイーヨーが前に押し出され、そして他の連中はイーヨーの後ろにかたまりました。

「なんだい、イーヨー？」とクリストファー・ロビンが訊ねました。

イーヨーは自分の尻尾を左右に振って、覚悟を決めると、とうとう語り出しました。

「クリストファー・ロビン」とイーヨーが呼びかけます。

「我々は、あなたに言うことがありまして。あなたに渡そうと……いわゆる……、ここに……、我々全員が……、どうやら聞くところによると……、つまり、我々全員は知って……、まあ、なんというかその、我々がアンタに……、まあだから、かいつまんで言えば、こういうことなんじゃが……」

イーヨーは怒った様子でみんなを振り返ると、言い放ちました。

「この森ではこうやっていつもみんなが群れかたまっておる。隙間もありゃしない。わしは生涯で、これほど動物がぎゅうぎゅうに立て込んでおるのを見たことがないぞ。しかもお門違いの場所にぞろぞろと。お前たちは、クリストファー・ロビンが一人になりたいと思っているのがわからんのか？　もう、わしは行くぞ」

そしてイーヨーはとっとこ行ってしまいました。

なんだかわからないままに、他の仲間たちもじわじわとその場を離れ始めました。クリストファー・ロビンがイーヨーの詩を読み終えて、「ありがとう」と言うために顔を上げてみたら、そこにはプーしか残っていませんでした。

「これは僕の宝物だ。心が和むよ」

クリストファー・ロビンは、ケチギ書を畳んでポケットにしまいながら言いました。

「おいで、プー」

クリストファー・ロビンはそう言うと、急ぎ足で歩き出しました。

「どこへ行くの?」プーが急いであとを追いながら聞きました。もしかして、これはタンタン隊なのか、それとも「例の一件について、どうする会」なのかと思ったのです。

「どこにも」とクリストファー・ロビンは答えました。

そこでふたりは「どこにも」へ向かい始めました。少し歩いたところで、クリストファー・ロビンがプーに聞きました。

「世界で何をしているときがいちばん好き?」

「そうだなあ」とプーは言い、「僕がいちばん好きなのは……」

プーは立ち止まって考えました。ハチミツを食べているときはものすごくシアワセだけれども、ハチミツを食べる直前の時間のほうが、食べているときよりシアワセだなあと思ったのです。でも、そういう時間のことをなんと呼ぶか、プーは知りませんでした。それからプーは、クリストファー・ロビンと一緒にいるときも、ずいぶんとシアワセだということを思い出しました。ついでにコプタンがそばにいてくれるときもとても気の休まる時間だと思いました。そこまで思い至ったとき、プーは言いました。

「世界じゅうでいちばん好きなのは、僕とコプタンが君に会いに行くときだな。それで君が言うんだ、『なんか、ちょっとつまむ?』って。そしたら僕、答えるんだよ。『そうだね、別に僕はかまわないけど。どう、コプタンは?』って。でもって外は歌を歌いたくなるようないいお天気で、小鳥がさえずっているの」

「それもいいね」とクリストファー・ロビンが言いました。

「でも、僕がいちばん好きなのは、なにもしないこと」

「なにもしないことって、どうやって、するの?」

プーは長い時間考えた末に、訊ねました。

「そうだな。つまり家を出ようとしたときに、誰かに声をかけられて、『何しに出かけるの、クリストファー・ロビン?』って聞かれたら、『別に、何も』と答えてから、そうするときのことだよ」

「ああ、そっかあ」とプー。

「僕たちが今、やってることだって、『別に、何も』の一つなんだよ」

「ああ、そっかあ」ともう一度、プー。

「つまり、ただブラブラして、聞こえないものに耳を傾けて、いちいち気にしないこと」

「ああ」とプーは応えました。

ふたりは歩き続けます。あれやこれやと考えながら歩いていくうちに、やがて森のてっぺんにある、帆船窪《はんせんくぼ》と呼ばれる魔法の窪地にたどり着きました。そこは、帆《ほ》柱《ばしら》のような六十何本かの木が円をつくって立っている場所でした。

そこが魔法の窪地であることをクリストファー・ロビンは知っていました。今まで誰もその木々が六十三本なのか六十四本なのか、数えることができなかったのです。たとえその木の一本一本に、数えた印の糸を結わえつけたところで、本数を知ることはできませんでした。魔法の場所なので、そこの地面は森の地面とは異なっていました。トゲエニシダ、ワラビ、ヒースは見当たらず、そのかわりに穏やかでなめらかな緑の草が密生しています。森の中でそこだけは、何も心配することなく座り込むことができます。座ったとたん、反射的に立ち上がって、他の場所を探す必要はないのです。そこに座っていると世界がどこまでも広がって、まるで空とつながっているかのように思われました。この帆船窪にいれば、世界じゅうで起こるすべてのことがわかるのです。

突然、クリストファー・ロビンがプーに向かって語り出しました。王や女王と呼ばれる人々について、いわゆる要素というものについて、ヨーロッパという場所について、海の真ん中にある、どんな船も立ち寄らない島について、吸引ポンプの作り方（作りたければの話）、騎士はいつ爵位を与えられるのか、ブラジルからは何が輸入されるのか。それらについて話しました。プーは、六十何本かの木の一つに背中をもたせかけ、腕組みをして、「おお！」とか「わかんない」とか言いながら、人にものごとを語ることのできる本物の脳みそを持っていたらどんなにステキだろうかと考えておりました。やがて、クリストファー・ロビンの話は終わり、静かになりました。彼はその場に座ったまま、目の前に広がる世界を見渡しました。この世界が終らないことを願いながら。

しかしプーもそれなりに考えておりました。プーはクリストファー・ロビンに突然、声をかけてみます。

「菓子になるのは立派なことだって、さっき言った？」

「何になるって？」

クリストファー・ロビンはぼんやりと聞き返しました。他の音に気を取られていたからです。

「馬に乗ってるとかいう……？」とプーが説明を加えると、

「ああ、騎士のこと？」

「そっか」とプー。

「僕てっきり……、それは王様とかヨーソとか、君が話してくれた他のすべてのものと同じぐらいすごいことなの？」

「そうだな、王様と同じほど立派ではないかもね」とクリストファー・ロビンが答えたとたん、プーががっかりしたように見えたので、急いで付け加えました。

「でも、要素よりは立派だよ」

「クマもなれるの？」

「もちろん、なれるさ！」とクリストファー・ロビンは言い、「僕がしてあげる」

クリストファー・ロビンは棒きれを拾い上げてプーの肩に当て、

「立て！　我が騎士のなかでもっとも忠実なる汝、クマのプー卿よ！」

するとプーは立ち上がり、それからひざまずき、「ありがとう」と感謝の意を表しました。騎士にしてもらったクマとしては、「ありがとう」と言うのがいちばん礼に適《かな》っていたからです。それからプーはいつものように夢の世界へ入っていきました。そこではプーとポンプ卿とブラジル卿とヨーソたちが一緒に住み、馬もいました。彼らは全員（といっても馬の世話をするヨーソたちは除いて）、良きクリストファー・ロビン王に仕える忠実な騎士たちであり……、けれどときおりプーは頭を振って独り言を言うのです。

「僕、ちゃんとわかってないみたい」

そしてプーはクリストファー・ロビン王が、たとえどこへ行ったとしても、そこから戻ってきたときに話してくれるであろうすべてのものごとについて考え始めました。同時に、それらの話を正しく理解するのは、このちっぽけな脳みそを持つクマにとって、どれほど困難かということにも気づいたのです。

「だから、たぶん」とプーは悲しそうに呟きました。

「クリストファー・ロビンはもうこれ以上、僕を相手に話をしてくれなくなるんだろうな」

それからプーは、話をしてもらわなくても忠実であり続けさえすれば、忠実な騎士であると言われるかなと考えました。

一方、クリストファー・ロビンは草の上へ腹ばいになり、顎を両手に乗せて、世界を見渡していたのですが、突然、

「プー！」

と再び声をかけました。

「はい？」とプーは応えます。

「僕がもし……もし、プー！」

「なあに、クリストファー・ロビン？」

「僕、もう、何もしないことをやめるかも……」

「もう、ぜんぜん？」

「ぜんぜんではないけど……。そうもいかないんだよ」

プーはクリストファー・ロビンが次に何を言い出すか待ちました。でも、彼はまた口を閉ざしてしまったのです。

「で？　クリストファー・ロビン？」

プーは促すように訊ねました。

「プー、もし僕が、もし僕がね、何もしないことをやめても、ときどきはここに来てくれる？」

「僕だけ？」

「そうだよ、プー」

「君も来るんでしょ？」

「うん、プー。約束する。本当だよ、僕も来る」

「ならいいけど」とプー。

「プー、僕のことをぜったい忘れないって約束して。たとえ僕が百歳になっても」

プーは少しの間、考えました。

「そのとき、僕、いくつになってるの？」

「九十九歳」

プーは頷きました。

「わかった。約束する」

視線をずっと世界に向けたまま、クリストファー・ロビンは片手を伸ばしてプーの前足を探しました。

「プー」とクリストファー・ロビンがまじめに語りかけます。

「もし僕が、もし僕がぜんぜん……」

彼は言いよどみ、それから言い直しました。

「プー、たとえなにが起こっても、わかってくれるよね？」

「何をわかるって？」

「なんでもない」

クリストファー・ロビンは笑い、それから飛び起きました。

「よし、行こう！」

「どこへ?」とプー。

「どこでもいいさ」とクリストファー・ロビンが答えました。

こうして一緒に出かけたのでした。ふたりがどこへ行こうとも、なにが途中で起きようとも、少年とクマは森のてっぺんにあるあの魔法の場所で、いつまでも遊んでいることでしょう。

訳者あとがき

改めて説明するまでもなく、本書はＡ・Ａ・ミルン原作、阿川佐和子訳の『ウィニー・ザ・プー』（新潮文庫）の続編です。原題は『THE HOUSE AT POOH CORNER』、石井桃子訳のタイトルは『プー横丁にたった家』であって、日本人の読者には、この石井桃子さんによるタイトルがなじみ深いと思われます。が、新訳を出すにあたり、同じ書名を使うわけにはいかず、プーやコプタンやウサギや、ときにフクロンやクリストファー・ロビンにも声をかけ、あーでもない、こーでもないと侃々諤々、意見を交わし合ううち、ふと、ロバのイーヨーが呟いたのです。

「細道はどうじゃ？　日本には『奥の細道』という名著があると聞く。細道は、静かで風もなく、緑に覆われた湿地というイメージがあるではないか。まさにわしの住処にはぴったりのネーミングじゃ。ま、わしの家が細道にあろうと太道にあろうと、誰も気にかけてくれるわけではないだろうがね」

こうして本書のタイトルは「プーの細道にたった家」と決まりました。

本書のメインテーマは、「家」です。屋根のある家を持っていなかったロバのイーヨーが、プーとコプタンのおかげでとうとう快適な一軒家を持つことになるお話です。でも、家に関して騒動を起こすのは、イーヨーの家をたてかえたプーとコプタンだけではありませんでした。まず、本編で新たに登場したトラのトララは、カンガルーのカンガとルー親子の家に住み着くことになりますし、フクロウのフクロンは大嵐の日に木の上の家が壊れてしまいます。さらにプーとコプタンとウサギが、家に帰る道を見失うという恐怖に満ちた体験をします。いつもはささやかな喜びを見つけてのんびり過ごしていたはずのプーの周辺が、にわかにざわざわするような、言ってみればスリルとサスペンスに満ちた続編となっています。そして最後に……、おっと失礼。もしかしてこの本を手に取って、一ページ目から開かずに、この「あとがき」を先に読む方がいるかもしれません。そんな読者のためには物語の顚末に触れないほうがよさそうですね。だから、皆さんは、プーやコプタンや森の仲間と一緒に家をたてたり大風とたたかったり迷子になったりしながら、あまたの冒険をぞんぶんに楽しんで、そして最後のページに辿り着いたとき、それがいったいどういう意味を示しているか、これからプーとクリストファー・ロビンはどうなっていくのか、ご自分でたっぷり考え、想像を巡らせてください。

実のところ、私も今回ばかりは、すべてを訳し終わってずいぶん時間が経った今も、まだ胸がドキドキしたままです。こんな終わり方だったのか……と、嬉しいような寂しいような、切ないようなやりきれないような、かすかにワクワクするような、たいそう複雑な気持です。でも、きっとプーたちは、まもなくこの試練を乗り越えて、ほんわかトコトコ歩き出し、みんなで「プーの棒きょうそう」を始めることでしょう。そして少し大きくなったクリストファー・ロビンが、ときどきその様子を覗きに戻ってくるのです。だってプーが約束していたじゃないですか。たとえ九十九歳になっても、ぜったいに忘れないって。

そうそう、この本の中で私がいちばん好きな箇所はどこか、告白することにします。それは、第7章「トララが暴れん坊性分をなおす。」の中で、コプタンがプーのうしろから近づいてきて、「プー」と囁くシーンです。

「なあに、コプタン？」

プーが聞くと、コプタンは、

「なんでもない」と、プーの前足を握りながらつけ加えるのです。

「ただ、君がいるのを確かめたかっただけ」

どうですか。いい場面でしょ。あなたの大切な人の隣に近づいて、ちょっと真似してみたくなりませんか？

読者のみなさんが、今、何歳か、男の子か女の子か、どんなことに一生懸命になって、どんなことに悩んで、どんなつらい気持を抱いているか私は知りません。でも、このシーンを思い出せば誰だって、ちょっとほろりとしたあと、ニッコリ笑うことができるはずです。

お忙しいでしょうけれど、たまにふっと時間があいたとき、大人になって、老人になったあとでもいいですから、きっとこの森に帰ってきてください。もちろん私もときどき帰ります。だってそこには必ずや、ちょっと脳みその小さいウィニー・ザ・プーや、恐がりのコプタンや、いつも忙しいウサギや、たくさんの仲間が、「やあ！」と前足を振ってご機嫌な顔で迎えてくれるに決まっています。こんなステキな友達を放っておく手はありませんからね。

阿川佐和子

イラストレーション
100%ORANGE
装幀
新潮社装幀室

SHINCHO MODERN CLASSICS
THE HOUSE AT POOH CORNER
A. A. Milne

新潮モダン・クラシックス
プーの細道《ほそみち》にたった家《いえ》

発行 2016.7.30.

著者 A・A・ミルン
訳者 阿川佐和子《あがわさわこ》

発行者 佐藤隆信
発行所 株式会社新潮社
〒162-8711 東京都新宿区矢来町71
電話 編集部 03-3266-5411 読者係 03-3266-5111
http://www.shinchosha.co.jp

印刷所 錦明印刷株式会社
製本所 加藤製本株式会社

乱丁・落丁本は、ご面倒ですが小社読者係宛お送り下さい。
送料小社負担にてお取替えいたします。
価格はカバーに表示してあります。

ISBN978-4-10-591005-1 C0397